W0350452

La rivière Hemingway

Edition mars 2025
ISBN : 978-2-494773-22-6
ISSN : 2609-3820
© Tous droits réservés
Couverture : Nathalie Biéron graphiste

Pierre Gonzalvez

La rivière Hemingway

Roman

Editions Lazare et Capucine

“Les meilleures personnes possèdent le sens de la beauté, le courage de prendre des risques, la discipline de dire la vérité, la capacité de sacrifice. Ironiquement, leurs vertus les rendent vulnérables ; ils sont souvent blessés, parfois détruits”.

Ernest Hemingway
L’Adieu aux armes

La famille de *Paul Dessigne*, le narrateur.

La famille DESSIGNE en Algérie (l'état-civil ayant francisé le nom DESIÑE) :
Pedro, le grand-père, qui a quitté l'Espagne avec sa jeune épouse pour s'établir en Algérie.
Pierre, le père et Eugénie, la mère.
Jean et Marie, le frère et la sœur de *Paul*.

La famille DESIÑE en Espagne :
Eduardo, le cousin germain de Pierre, et son épouse Lucia.
Juan, leur fils, petit cousin de *Paul*, Jean et Marie.

Le récit se déroule entre 1959 et 1964

1

– Passe-moi le *porron* !
– Attends un peu, j'ai du mal à viser.

Le jet continu du vin de Navarre semblait dessiner le contour des bouches assoiffées et éviter soigneusement le fond des gorges déployées. Il faut de l'expérience pour boire à l'espagnole.

Les jambons luisaient et suintaient juste au-dessus du comptoir. La coupelle fixée sous chacun d'eux réceptionnait cette lente exfiltration du gras des pattes avant et arrière. Suspendues à des crochets en forme de queue de cochon, elles s'affinaient depuis bien longtemps, autant que les habitués du lieu, certainement. Dans un brouhaha indescriptible, l'équipe des serveurs s'acquittait méthodiquement de ses tâches en distribuant en continu sur le comptoir en marbre les petites assiettes de tapas qui glissaient dans une farandole maîtrisée. Tortillas, anchois, olives vertes et toutes sortes de charcuterie figuraient à la carte, rédigée sur l'ardoise mal essuyée de la veille. Tous habillés d'une chemise à carreaux bleus, ils évoluaient en une chorégraphie spontanée afin de s'éviter dans l'espace réduit derrière le comptoir. Cette danse fut stoppée par l'initiative, visiblement non annoncée, du plus âgé, qui opéra un contre-pied à ses partenaires en se dirigeant subitement vers les tonneaux de Manzanilla Pastora, Manzanilla Fina, Manzanilla, Moscatel Blanco, Moscatel, Amontillado... Le service de ces vins revêtait visiblement un caractère prioritaire. En tout cas, son mode de consommation dans les petits verres à pied révélait une hiérarchie dans le service. Mais très vite, cette fulgurance désorganisatrice fut assimilée par les compagnons de Luìs qui, par une petite tape sur l'épaule du premier venu, témoigna son excuse.

Dans la salle du bar à tapas, toutes les tables comptaient des habitués en cette fin de semaine. Cette totale immersion m'enchanta. Je découvrais ce lieu, tellement unique, tellement typique. Juan, mon cousin, enfant de Logroño m'avait invité à participer à cette soirée avec ses amis. A l'exception de Manolo, natif de Cadaquès, chacun avait une famille originaire de cette terre depuis des générations.

Nous formions une belle tablée où tous avaient déjà les yeux brillants et partageaient la joie simple d'être ensemble. Les heures passaient et les petites assiettes de sardines apparaissaient comme des îlots sur la mer Rouge tanique. Martin, appelé l'Anglais, je ne sais pour quelle raison par le groupe, se leva et retira son pull jaune très largement tâché en se contorsionnant car son voisin profitait de la situation pour lui pincer l'intérieur de la cuisse. Il riait déjà de son initiative. Son large sourire ferma ses yeux et généra des gloussements inaudibles mais perceptibles par le yoyo de sa glotte. Les gestes mal assurés, il retourna entièrement son pull en commençant par les manches et le réenfila avec difficulté. L'ensemble des amis guetta l'évolution du putatif sujet de Sa Majesté. Après quelques pas de retrait, prenant son élan les bras écartés, il se précipita sur le plateau glissant de la table. Tout vola en éclat en déclenchant une marée vineuse qui compléta le mouchetage vestimentaire des uns et des autres. Cet acte de bravoure lui valut un tonnerre d'applaudissements des habitués des lieux. Il faut croire que cette figure de style n'était pas connue des habitants de la capitale de la Rioja. Pris dans le mouvement, je basculai du siège et me retrouvai sous la table à la recherche de la sortie.

Je réalisai à ce moment, devant les tibias de mes compagnons de virée, oh combien cette soirée était singulière. Manolo, en digne représentant des excentricités du maître catalan du surréalisme, approuva cette œuvre locale avec des génuflexions et en se frisant une moustache imaginaire entre ses pouces et index.

Me levant péniblement, je découvris une scène de liesse généralisée. A la cacophonie succéda des chants traditionnels. Main dans la main, les hommes fraternisaient. Un petit gars, le béret vissé sur le crâne, aussi rouge que le tempranillo décuvé d'une longue macération après sa fermentation alcoolique, accédait à une sorte de béatitude aux côtés d'un grand sec que d'aucuns pourraient imaginer instituteur. Les deux hommes s'enlacèrent, se malaxèrent, se tapotèrent pour se prouver qu'ils appartenaient au même clan affectif dans une sensibilité virile. Je ne pus m'empêcher de penser à mon père qui ne caressait pas son épagneul Breton, mais lui portait des tapes franches sur le flan en guise d'attachement. D'ailleurs, cette gestuelle s'appliquait aussi aux membres de la famille. Souvent raillé pour cette pratique, il répondait quelquefois par un «mais, vous savez bien que je vous aime ». Cette pudeur dans l'expression des sentiments se transmettait de génération en génération. Ce caractère réservé de notre famille tranchait avec la générosité corporelle et oratoire des populations de l'Algérois.
Il faut croire que les influences du nord-est de la France, incarnées par ma mère, étaient tenaces.

Ayant retrouvé ma place sur le banc usé, je dus affronter la fatigue de mon voisin qui spontanément posa sa lourde tête sur mon épaule. Il marmonnait des propos inaudibles tout en me serrant l'avant-bras. Son haleine chargée me fit régulièrement me tourner dans le sens opposé. Après plusieurs va-et-vient, tels des spectateurs dans les gradins de Roland Garros lors d'un match de tennis, mon regard se fixa sur une tête de taureau, dont la bouche entrouverte laissait apparaître une langue couleur rouge sang. Certes empaillée, elle avait gardé sa superbe. Les animaux naturalisés offraient souvent un défaut, une disproportion, un œil de verre trop brillant. Or là, il semblait réel, tout juste sorti du toril avec sa fougue et sa puissance. Il avait conservé ses oreilles, peut-être sa queue, mais en tout cas les aficionados lui avaient coupé le cou. En digne représentant du bar, il devait certainement participer, une fois l'an, à une procession dans les rues étroites de la vieille ville. Ce combattant venu des terres arides d'Andalousie, en franchissant le Rubicon du porche de l'arène, avait vu son sort scellé. Il aurait pu finir en triomphe à Ronda près de chez lui, mais son éleveur en avait décidé autrement. Venu mourir à Logroño après un illustre combat, il connaissait désormais une deuxième vie dans le huis clos de ce bar.

Sous le trophée animalier, une canne à pêche en bambou refendu pour la pêche à la mouche soulignait la décoration du mur faisant face au comptoir. Rassemblant mes forces pour me libérer de l'entrave de mon voisin, je me levai pour voir de plus près le fouet. Mon initiative provoqua une partielle bascule du banc, sans conséquence. Je n'avais jamais eu l'occasion de voir une canne à pêche aussi fine. Comment était-il possible, avec cet ustensile, de ramener sur la terre ferme le moindre poisson dépassant les deux cents grammes ? Les anneaux fixés sur la canne en bambou refendu laissaient passer une soie tendue par un rudimentaire moulinet. A l'extrémité, une mouche représentant un insecte non identifié arborait des couleurs de carnaval. Elle devait s'adresser aux poissons joueurs et gais. Je ne pus résister à l'envie de la saisir et la dégageai de son râtelier mural. Sa légèreté, sa flexibilité étaient incomparables par rapport à celles que j'avais pu tenir entre mes mains. Depuis mon rocher préféré de Tipaza en Algérie, j'envoyais à la mer une monture en pater noster grâce à une puissante canne qui ne possédait rien des caractéristiques de cette dernière. Cette comparaison entraîna mes pensées vers mon pays et ma famille, que j'avais quittés depuis vingt jours pour ce voyage en Europe.

Mon périple me conduisait dans un premier temps chez mon oncle établi en Espagne, puis, devait m'amener ensuite à retrouver des membres de la branche maternelle à Bordeaux.

C'était la première fois que je voyageais hors des frontières de l'Algérie. J'avais pris le bateau pour la traversée de la méditerranée et après un voyage mouvementé à cause d'une mer particulièrement capricieuse, nous avions accosté à Marseille. Je n'imaginais pas à ce moment-là que, trois ans plus tard, je vivrais le même parcours après que ma terre natale ait connu autant de drames.

La canne en main, j'essayai d'imaginer son utilisation en imprimant des mouvements saccadés et de faible amplitude. Tout naturellement, ma main se positionna sur le manche en liège en cherchant le meilleur équilibre. Mon index, associé dans un premier temps aux autres doigts, s'émancipa pour gagner une position de contrôle en se collant sur le dessus de la canne. Les sensations ressenties m'encouragèrent à poursuivre ces mouvements en ouvrant davantage l'angle. Cette action solitaire n'éveilla aucune attention dans le Bistroquet, à l'exception d'un homme assis à une table, flanqué de trois autres personnes. Leurs verres se succédaient et cadençaient de vives discussions dans un brouillard tabagique. Ils étaient retirés régulièrement par une jeune serveuse qui slalomait avec dextérité dans cette foule compacte. Ses cheveux noirs attachés par une simple barrette la vieillissaient prématurément en marquant son visage dur. Son corps noueux comme un vieux cep lui procurait une force naturelle et un charisme lumineux. Seule femme dédiée au service dans cet établissement, elle marquait fortement la vie du lieu.

– C'est bien, tu tiens ta canne à l'autrichienne, me chuchota à l'oreille l'homme qui avait quitté sa table pour venir à

ma rencontre.
– A l'autrichienne... Je ne sais pas ce que c'est... ?
– Lorsque tu as l'index à plat sur le spin de la canne. Certains mettent le pouce, mais c'est moins précis.
– Je l'ignorais Monsieur, merci.
– Tiens, commande-toi un verre, je te l'offre... C'est rare de trouver quelqu'un qui tient bien sa canne !
– Merci, Monsieur, c'est très gentil, répondis-je, tel un petit garçon.

L'homme retourna à sa table et se replongea dans des discussions animées avec ses compagnons de virée. Le lendemain, ils devaient se rendre à une corrida à Pampelune et chacun y allait de son pronostic. Les taureaux de combat, annoncés sur le programme, venaient d'un très bel élevage d'Extremadura, dont la qualité de la lignée des bêtes faisait l'unanimité. La passion des taureaux, des toreros, du cérémonial de l'arène animait leurs discussions et les conduirait à veiller tard dans la nuit. Mon guide de pêche pensait ardemment que “personne ne vit complètement sa vie, sauf les toreros”. Chacun piquait avec délice les morceaux de jambon *pata negra* sur la planche en bois d'olivier saturée de gras. Ils avaient commandé, en entrant dans le bar, le meilleur jambon pour leur soirée. Religieusement, la cuisse arrière de l'animal fut décrochée de son support par Pepe lui-même. Le patron des lieux n'entrait dans le service que très rarement ; mais lorsqu'il s'agissait d'une *pata negra* affinée quarante-huit mois, il se devait d'honorer ce produit d'excellence. La lame aiguisée de son couteau préféré coupait de fines tranches qu'il disposait avec application sur la planche dédiée, à chaque commande. Lorsqu'il apporta le fruit de sa découpe à ses clients privilégiés, Pepe leur livra avec passion l'histoire de ces cochons ibériques vivant en liberté dans la montagne, nourris exclusivement de glands, de racines, de larves et de champignons. Ce met de premier choix idéalement salé attisa la soif des comparses qui accélérèrent le rythme des consommations pour se désaltérer.

Arrivés à satiété, l'un des aficionados proposa de basculer vers les eaux de feu, pour mieux digérer, disait-il. Il héla la serveuse qui, pivotant sur un pied, changea de direction dans l'espace réduit entre les tables et les chaises. Il espérait certainement boire des alcools d'exception après ce succulent "*jamón*", mais les whiskies proposés par la casa de Pepe ne correspondaient pas à ses attentes. A vrai dire, il n'y avait qu'un seul écossais *blended* et *non pure malt* à disposition. Malgré les talents de la serveuse, le Brandy - réalisé dans une distillerie de la région - qu'elle appelait whisky, ne pouvait trouver grâce aux palais des amateurs. Elle montra pourtant avec application l'étiquette sur laquelle figurait un cerf. Ses bois étaient tellement grands qu'ils dépassaient du cadre de l'impression ; peut-être que l'imprimeur avait mal réglé son massicot. Ils se levèrent pour se diriger vers la sortie. A leur hôtel, ils savaient qu'ils allaient trouver les eaux de vie maltées qu'ils avaient déjà consommées la veille. L'homme, qui m'avait offert le verre, se retourna pour me saluer d'un geste ample. Je fus marqué par ce physique d'homme puissant, vêtu d'une veste en toile beige que j'avais déjà vue portée par des personnes revenant de la lisière du désert. Je lui répondis en me levant, comme lorsque mes professeurs du lycée entraient dans la salle de classe.

Ce départ provoqua chez moi un sentiment de rencontre inachevée. J'aurais aimé échanger davantage avec lui et lui poser de nombreuses questions. Je garderai toujours ce regret de ne pas m'être dirigé vers lui, certainement par timidité, pour entamer une discussion. Je pris alors le verre offert et le bu d'un trait à l'image de ma brève rencontre.

La soirée festive touchait à sa fin lorsqu'il fut signalé aux consommateurs par le tintement d'une clochette que l'établissement allait fermer. L'équipe des serveurs se mobilisa dans le rangement du café et, en un quart d'heure, l'ensemble des clients se retrouva comme boutée dehors. Le retour très animé chez Juan par les ruelles de la vieille ville se ponctuait d'arrêts liés à des poses techniques de mes comparses. A mon tour, je cherchais l'endroit idéal. Au début exigeant, je me contentai d'un petit décroché de façade pour m'arrêter. Martin eut la bonne idée de venir se coller à moi, trouvant certainement lui aussi le lieu adapté. Comme sur une plage - où malgré l'immensité du site, il faut toujours que quelqu'un vienne étendre sa serviette à proximité de la vôtre - il semblerait que, pour pisser, la faible distance soit aussi rassurante. Le faux ressortissant de la perfide Albion me parlait fort dans un espagnol non répertorié par le ministère de l'Education et insistait en tournant vers moi son corps tout entier. Son jet marqua alors des demi-cercles tels les becs d'arrosage dans les jardins publics d'Alger. Je dus me dégager pour ne pas avoir les pieds humides.

Arrivé au seuil de la maison familiale, le groupe se sépara. Je me dirigeai vers la petite chambre qu'avait occupée pendant de nombreuses années la grand-mère Antonia, décédée l'an passé. Rien, je pense, n'avait changé dans cette pièce. Un très grand crucifix, décoré d'un rameau d'olivier, trônait sur le mur de la tête de mon lit. Le regard du Christ, dirigé vers le centre du lit, observait le sommeil ou la conscience du visiteur. Même allongé, on n'oubliait pas la croix car elle se reflétait dans le miroir d'en face. Définitivement, Dieu était partout dans cette pièce. Cette nuit passée n'avait ni attisé ma foi, ni ma culpabilité pour cette soirée festive. Je m'étais endormi comme une masse et fus réveillé au matin par les préparatifs et les odeurs de la cuisine.

– *Pan con tomate* ? me demanda la tante Lucia, qui comme ma mère présentait les mets préparés avec une générosité affective.

Je découvris ce petit-déjeuner largement déployé sur la nappe en toile cirée de la petite cuisine. Les parents de Juan se faisaient une joie d'accueillir leur petit cousin. L'occasion était belle de réunir les deux branches familiales qui connaissaient un destin séparé depuis deux, voire trois générations. Mon grand-père, le cinquième des neuf enfants, attiré par un meilleur destin, avait quitté le sud de l'Espagne au cours de l'année 1902, avec sa jeune épouse, pour les promesses d'un avenir meilleur sur les terres d'une Algérie devenue française le siècle précédent. Pierre, leur fils et mon père, évoquait souvent l'origine ibérique de ses parents avec ses deux frères. Il n'avait jamais eu l'occasion de venir en Espagne. Le voyage de son fils cadet l'enchantait et l'encourageait à suivre mes pas initiatiques. D'ailleurs, son engagement dans la préparation de mon voyage apparaissait, pour ma mère, comme une sorte de tour de chauffe avant son propre envol.

Je me devais de répondre à tante Lucia par l'affirmative tant cette offre de *pan con tomate* paraissait incontournable autour de cette table. Pourtant, je n'avais pas l'habitude de manger au lever et l'alcool de la veille n'avait pas dit ses derniers maux. Cette expérience festive dans le café de Pepe s'était révélée une première pour moi.

Après avoir versé un filet d'huile d'olive sur la tartine de pain légèrement dorée, la tante Lucia la couvrit d'un épais écrasé de tomates. Elle sala et poivra abondamment le mets avec application, en procédant à des allers-retours d'une extrémité à l'autre de la tranche. La préparation achevée, elle me présenta son œuvre avec un léger sourire à peine visible à la commissure de ses lèvres, à la façon de

Mona Lisa. Une sorte de certitude dans l'obtention du plaisir culinaire à venir l'habitait.

– Les garçons, avez-vous passé une bonne soirée ? nous lança-t-elle.

Juan, les cheveux en bataille, faits et défaits, par les doigts de sa main droite qui lui tenait la tête répondit :

– Très bien, comme toujours chez Casa Pepe !

Il n'était pas nécessaire que Juan en dise davantage pour ses parents. Ils savaient qu'avec ses amis, leur fils passait de bons moments festifs.

S'en suivirent de nombreuses questions posées par Eduardo et Lucia qui souhaitaient découvrir la vie de ma famille dans l'Algérois.

– Ton père est-il toujours policier ?
– Oui, il travaille beaucoup. Il va souvent à Alger. Il part pour plusieurs jours pour ses missions.

Je me rendais compte, en formulant ma réponse, combien je connaissais peu le travail de mon père. La part secrète de sa profession n'avait jamais éveillé ma curiosité. Ses retours à la maison au milieu de la nuit, ses départs inexpliqués pour des destinations inconnues ne suscitaient pas d'interrogations. Je l'entendais quelquefois rentrer. Il faisait toujours un arrêt à la cuisine et grignotait un morceau de pain accompagné de ce qu'il trouvait. Son passage était signalé par les miettes qui saupoudraient l'angle de la table que notre mère avait essuyée la veille. La requête de sa femme de le voir nettoyer après son passage nocturne n'aboutissait jamais. Les lendemains de missions, il nous livrait quelques fois de rares anecdotes qui n'illustraient pas la réalité de ses actions.

– Et ta mère Eugénie, nous ne la connaissons pas. Elle est certainement très occupée à la maison ?

Cet exercice de présentation de ma famille se révélait particulièrement difficile. Comment décrire ma mère ? Cette femme discrète, aux yeux bleu ciel presque délavés, vivait simplement dans sa maison. Elle entretenait une vie sociale, principalement avec ses voisines de la rue avec lesquelles elle passait de longues heures dans la journée. Pourtant, elle cultivait des dons ésotériques qui nous fascinaient. Elle enlevait le feu, les coups de soleil, le zona, les verrues et de multiples contrariétés. D'une simple boîte de conserve vide, sur laquelle figurait une croix en papier, qu'elle posait dans une assiette creuse remplie d'eau, elle réalisait ses opérations en marmonnant quelques prières. L'eau était comme aspirée dans l'enveloppe d'acier, en bouillant. Après un temps incertain qui permettait à l'eau de baisser en température, l'opération se terminait. Le patient soigné à distance n'avait qu'à constater les bienfaits de la dame aux dons. Enfant, cette boîte qui restait dans la cuisine, perchée sur la plus haute étagère à côté de la statuette de la Vierge Marie, m'intriguait grandement. Mon frère et moi avions l'interdiction de la manipuler. Un jour pourtant, porté par ma curiosité, j'avais soulevé la boîte qui venait, après les suppliques de ma mère, d'engloutir l'eau bouillante. Elle se décolla de l'assiette en faisant un bruit de ventouse qui lâche sa prise. L'eau se répandit dans l'assiette creuse. Eugénie dut croire que des forces obscures étaient engagées dans ce cas clinique.

Qui, de la boîte ou de ma mère était magique ? A l'inverse de la croyance au père Noël - dont le mythe disparaît bien trop vite - le côté sacré de l'action de maman était apparu tardivement après le constat fait que cette boite métallique, anciennement boîte de conserve, avait tout d'ordinaire.

Juan qui assistait à ces échanges sans intervenir, paraissait détaché. Il se leva à la fin d'une réponse que je venais d'apporter et annonça qu'il avait oublié sa veste chez Pepe et qu'il partait la chercher. Il me proposa de l'accompagner. Il avait certainement perçu ma fatigue d'être soumis à la question depuis plus d'une heure.

A peine sortis de la pièce, nous étions rappelés :

– Ton père t'a dit que j'écris des poèmes ? Chaque année pour Noël, je lui en envoie un, m'interrogea Eduardo, qui ne pouvait pas attendre mon retour pour me questionner.
– J'en ai lu, répondis-je spontanément.

Mon père s'amusait de cette prose en vers. Depuis qu'il avait lu celui sur les tomates, il l'appelait « le cousin tomates d'Espagne ». Eduardo était le roi du syllogisme et façonnait ses tournures de phrases pour des conclusions les plus fantasques.

– Demain, nous irons visiter mon jardin potager. Tu verras comme elles sont belles ! Attends, j'ai quelque chose pour toi ! me dit-il encore.

Il tira sèchement sur la poignée d'un tiroir du buffet qui avait du mal à coulisser et récupéra un recueil de poèmes pour me l'offrir. Les textes manuscrits, couchés sur un papier épais, étaient illustrés par des aquarelles en tout petit format. Telles des enluminures du Moyen-âge, elles égayaient une calligraphie très appliquée. Ces œuvres réalisées à l'unité, distribuées avec parcimonie, étaient rares. Je saisis religieusement les textes sacrés et remerciai l'auteur. Alors qu'il se baissait pour ramasser sa serviette, j'aperçus la calvitie d'Eduardo qui ressemblait à une vraie tonsure tant elle formait un cercle défriché quasiment parfait. Ces cheveux partaient de la lisière et se déployaient tous avec la même longueur en formant une vraie coupe au bol. L'oncle Eduardo connaissait une mutation en moine copiste !

A notre arrivée, la salle du bar avait retrouvé le calme d'un milieu de journée. La jeune serveuse avait accompli son œuvre de nettoiement ; le taureau fidèle au poste trônait toujours dans l'établissement. Le règne animal s'était agrandi depuis la veille avec la présence d'un gros matou au pelage bigarré qui dormait à même le zinc, côté accès à l'arrière-cuisine. Il portait dignement un collier avec un médaillon gravé à l'enseigne de l'établissement avec la tête du roi des arènes stylisée. Ceci conférait au félin des allures de chat de combat.

Le patron nous accueillit avec un large sourire, nous considérant certainement comme les animateurs de la soirée. Depuis son poste stratégique, assis derrière la caisse, rien n'échappait à Pepe. Il m'avait remarqué dès le début de la soirée au milieu de tous les habitués du lieu.

– Tu viens d'où l'ami ? Tu aimes la pêche toi ! me dit-il. Lui aussi avait visiblement remarqué mon intérêt pour cette canne.

Mes réponses intéressaient vivement le cafetier qui n'avait pas souvent l'occasion de se dépayser par les récits de ses visiteurs. Avait-il déjà quitté son comptoir ? Oui ! Il en fit le tour pour venir dans la salle pour se rapprocher de nous. Ce changement de zone entraîna un changement total de perception de son physique. Il avait perdu au moins vingt centimètres en descendant de l'estrade et son ventre masqué par le zinc apparaissait comme le ventre d'une grossesse au neuvième mois. De frêles et courtes jambes supportaient cette imposante masse. Tel du lierre agrippé aux troncs d'arbre, ses veines bleu foncé recouvraient en relief ses deux membres et son petit short en toile connaissait un fort bâillement du fait d'une fermeture éclair défaillante.

Prenant l'initiative, Pepe nous invita à nous asseoir à une table en offrant une tournée de café. Il appela la serveuse qui s'affairait dans la pièce voisine. En quelques secondes, elle se présenta devant nous. Son corps du matin nous offrait d'autres perceptions que la veille. Je la découvris avec ses cheveux détachés, un sourire tenace et des petits seins qui pointaient sous son chemisier blanc ; les plis de la séance de repassage semblaient s'aligner parfaitement sur l'axe de ses mamelons. Sa timidité l'engagea rapidement à détourner le regard de notre table et à quitter la salle du bar pour l'arrière-cuisine. D'un bond, le chat, que tous appelaient *el gato*, lui emboîta le pas, non par fidélité, mais pour quémander quelques reliquats de mets.

– Le Français, tu sais à qui tu as parlé hier soir quand tu as pris le fouet ?
– Non ! dis-je, étonné par cette question. Il doit être un très bon pêcheur. Il m'a expliqué comment on doit tenir une canne à pêche.
– C'est un grand homme. Il aime notre pays. Et toi Juan, tu le connais ?

Notre curiosité piquée, nous lui demandâmes en chœur, l'identité du personnage.

– Ernest Hemingway ! Il s'est battu pour notre liberté, c'est un grand écrivain américain. Non, un très grand écrivain... Je dis ça mais je n'ai jamais lu ses livres.
– Ah oui, s'exclama Juan. Et ils parlent de quoi ses livres ?
– D'amour ! Tous les livres parlent d'amour, je crois. Il faut dire que je n'ai jamais trop lu de livres...
– Ecoutez-moi, s'il revient je lui demanderai ce qu'il écrit ! Il est venu deux fois avec son équipe, il passera peut-être de nouveau. Ces gens savent encaisser la boisson ! Je ne

serais pas étonné d'ailleurs qu'il parle aussi d'alcool dans ses livres.

Particulièrement amusé par cette chronique littéraire, je lui demandai une feuille de papier et un crayon. Celui-ci dégaina avec une grande agilité son bloc note de la large poche de sa chemise blanche en coton épais et dégagea le crayon gris calé dans l'encoignure entre son crâne et sa grosse oreille ; comme une bûche que l'on retire du trépied après l'avoir sciée.

L'écriture du nom Hemingway s'avérait complexe ! Aucun essai de rédaction ne provoquait l'unanimité ; je me contentais alors de ma version.

Peut-être que, de passage à Bordeaux la semaine suivante, où je devais rencontrer des membres de la famille du côté maternel, j'aurais la possibilité de trouver une librairie proposant ses ouvrages.

J'avais senti de façon très intuitive que cette rencontre comptait. Souvent, mes sens me livraient des informations ; des sortes de fulgurances qui devenaient des évidences. Ma mère m'avait peut-être transmis une part de son aptitude à percevoir des éléments invisibles. Je ne me doutais pas à ce moment-là, combien la lecture d'Ernest Hemingway allait nourrir le sens de mon existence, qu'une résonance intime s'établirait avec les thèmes et les personnages de ses romans.

Les premiers clients, habitués des lieux, rentraient chez Pepe comme s'ils passaient d'une pièce à l'autre à leur domicile. D'un « hola », la main levée, ils prenaient place dans le bar qui démarrait lentement son activité. Pepe avait repris sa place derrière le zinc, alors que Pepita servait les premières consommations. Il était temps pour nous de retrouver la maison ; Eduardo m'attendait pour la visite botanique de son potager.

Les tomates russes d'un rouge écarlate s'exposaient avec opulence sur les plants. Je n'avais jamais vu de tomates aussi grosses. Elles brillaient de mille feux. Ce rayonnement contagieux illuminait le visage du tonton poète. Il me proposa d'en soupeser une et anticipa déjà l'étonnement qu'elle allait provoquer.

– Tu vois, elle pèse jusqu'à un kilo ! Avec une seule, Lucia fait une salade pour quatre personnes. J'en apporte aussi chez Pepe, où tu es allé hier soir. Je les lui donne et en échange, je peux boire des coups gratuitement... Mais tu ne le dis pas à Lucia ! me prévint Eduardo.
– Tu crois que maman ne connait pas ton manège ? s'amusa Juan.
– En tout cas, elles sont incroyables ! Je suis sûr que mes parents n'en n'ont jamais vu d'aussi grosses, dis-je devant ces tomates-pastèques.
– Je vais te donner des graines, tu pourras faire des semis. Chaque année, je sélectionne les plus belles de mon jardin et je récupère les graines. D'année en année, j'ai pu améliorer la taille et la qualité.

L'oncle conservait ses graines dans un tissu roulé au fond d'un bocal et attendait avec impatience le mois de mars pour les planter en semis dans des petits godets, qu'il exposait derrière la vitre de la véranda de son atelier, afin que ses protégées jouissent des premiers rayons printaniers du soleil. Il possédait toute une sélection de graines de nombreux végétaux qu'il rangeait dans des tiroirs de typographe. Le haut de casse était réservé aux légumes, le bas de casse aux fleurs de Lucia. Eduardo passait une grande partie de son temps libre dans son atelier - maison. Conçu et construit par ses soins, il avait organisé son espace selon ses passions. Tout était parfaitement rangé ; ses outils pour le jardin suspendus dans un râtelier ne connaissaient aucun morceau de terre. Eduardo s'appliquait, après chaque usage, à nettoyer les parties métalliques et à les nourrir en déposant, à l'aide d'un pinceau aux poils hirsutes, une fine couche d'huile.

A côté d'une petite cheminée d'angle, des planches posées sur des tréteaux offraient l'espace idéal pour la rédaction des poèmes avec vue sur le jardin. Il ne pouvait qu'être inspiré par ses légumes pour son écriture.

– Avez-vous un jardin potager ?
– Oui mais... Nos tomates sont toutes petites par rapport aux tiennes.
– Ça dépend des variétés et de l'attention que l'on leur porte. Moi, je leur parle. Voilà que le tonton d'Espagne maîtrisait la langue de ce fruit-légume. Il devenait le premier « tomatologue » de la péninsule ibérique.

A ce moment, me vint à l'esprit une autre caractéristique de ma mère. Elle possédait la main verte. Elle passait des heures avec ses fleurs. Ses géraniums, qu'elle multipliait en les bouturant, faisaient sa fierté très contenue. J'aimais la voir au milieu de ses fleurs, coupant entre son pouce et son index les feuilles ou les bourgeons fanés. Je savais que ce temps-là lui appartenait, qu'elle pouvait enfin se centrer sur elle. Ses belles réalisations s'offraient à la vue des passants, côté rue, dans des porte-pots en fer forgé.

– Ce sont des tomates originaires du sud de la Russie, enfin, de l'Union Soviétique ; tu feras bien attention aux tuteurs, il faut qu'ils soient costauds pour supporter le poids des tomates.

Je n'imaginais pas à mon arrivée, combien « l'oncle tomates d'Espagne » maîtrisait ses sujets. Cet oncle conciliait parfaitement la plume et le potager. Je reconnaissais une sorte de point commun à certains membres de la famille. Cette capacité de pouvoir s'intéresser à des sujets très variés et d'investir des univers qui étaient naturellement réservés à telle ou telle catégorie de population. Ce séjour espagnol touchait trop vite à sa fin. Je garderai toujours un attachement particulier à ce pays. Bien des années plus tard, Séville, mais surtout Cadix joueront un rôle d'aimant dans mes choix de destination de voyage. La vieille ville de Cadix, ceinturée de ses remparts, à l'extrémité d'un isthme sur l'océan Atlantique, me réconfortera et m'envoûtera à chacun de mes séjours. A proximité de la plage de la Caleta, les ficus triplement centenaires qui dépassent les bâtiments et qui regardent vers l'ouest, m'ouvriront des horizons de conquistador luttant contre ma mélancolie chronique.

2

– Bonjour Madame, je cherche une librairie avec un large choix.
– La librairie Mollat, vous y trouverez ce que vous cherchez jeune homme.
– Où se trouve-t-elle, s'il vous plaît ?
– Comment vous ne connaissez pas cette librairie !
– Non...

Cette bourgeoise, dans toute sa suffisance, m'indiqua le parcours qui devait m'amener à ma première rencontre avec les pages de l'illustre écrivain.

Tout au long de l'interminable rue Sainte-Catherine, les commerces se succédaient. La vie commerciale de Bordeaux démarrait en ce début de matinée. Je découvrais cette ville avec beaucoup de curiosité et d'émerveillement. J'aimais particulièrement me retrouver seul pour m'immerger dans de nouveaux environnements. Ma pensée pouvait alors vagabonder et m'enrichir d'une foule de perceptions. Ainsi, pensant à des lieux que j'avais jadis visités, mon cerveau me restituait de multiples sensations ressenties.

J'arrivai enfin devant cette institution bordelaise. L'entrée dans ce lieu de culture m'impressionnait ; les livres s'exposaient partout dans des bibliothèques ou étaient posés à plat sur des grandes tables de drapiers. Déjà, une agitation paisible existait entre les salariés de la maison qui s'affairaient et les clients-lecteurs qui gagnaient les zones de leurs recherches. A Alger, j'allais quelques fois à la librairie qui se situait en face du Lycée Bugeaud. Cette librairie vendait aussi du tabac et des journaux. En fait, les livres exposés n'occupaient qu'un angle du commerce. Il ne faisait aucun doute qu'Hemingway ne devait pas être hébergé sur les étagères étroites en formica. La plupart des ouvrages que j'avais lus provenait de la bibliothèque de l'établissement scolaire car nous en possédions peu à la maison.

– Puis-je vous aider jeune-homme ?
– Oui merci, je cherche un livre d'Ernest Hemingway.
– Il va falloir être plus précis : quel titre ?

Cette question simple, froide et naturelle me glaça. Le sentiment de ne pas être à ma place me gagna. Après tout, pourquoi vouloir découvrir l'œuvre de cet écrivain inconnu ? Que devait penser cette personne qui constatait que je ne connaissais aucun de ses livres ? Quel jugement pouvait-elle porter ?

– Je ne sais pas... Je vous remercie... Au revoir Monsieur, dis-je pour m'échapper des lieux.
– Attendez, je suis là pour vous aider.

Visiblement, ma gêne lui fit prendre conscience que son travail ne se limitait pas seulement à vendre des livres mais aussi à accompagner vers la lecture tous les publics.

– Ernest Hemingway a écrit de nombreux ouvrages depuis son premier succès *Le soleil se lève aussi,* jusqu'à son dernier, *Le vieil homme et la mer*, qui lui a valu le prix Nobel de Littérature.

Intrigué par ma démarche matinale et ayant visiblement identifié que je n'étais pas natif du Sud-Ouest, le salarié changea totalement d'attitude.

– Pourquoi cherches-tu un livre de cet auteur ?
– Parce que je l'ai rencontré, lui répondis-je spontanément.
– Tu as rencontré Hemingway ?!
– Oui, mais je ne le savais pas !

Les conditions de la rencontre passionnèrent le libraire qui appela son collègue pour le faire participer au récit. Je devenais le centre d'intérêt de la librairie et je dus répondre à de multiples questions. Je mesurai combien cet auteur fascinait.

Je suivis les libraires vers l'espace réservé à l'auteur et découvris plusieurs visuels illustrant sa vie. Le premier présentait l'écrivain à sa table d'écriture, flanqué de deux chats allongés de tout leur long, visiblement très heureux. Un deuxième captait son regard fixant l'objectif du photographe, un fusil de chasse à la main. Un dernier proposait une scène de vie dans une brasserie. Autour de lui, des convives assis, levant les verres d'un apéritif qui avait dû démarrer bien avant la prise de vue, s'enivraient. L'émotion me gagna et je compris que ma jeune vie se construirait souvent en référence à cet illustre personnage. La lecture de ses écrits devenait une évidence.

L'intérêt des libraires pour mon récit atteignit des sommets lorsque le plus vieux apprit que j'habitais à Marengo. Il me demanda de lui indiquer la distance entre Alger et ma maison. Après lui avoir confirmé que les deux villes étaient à distance de deux heures d'autobus, il se tourna vers son collègue et s'exclama :

– Tu te rends compte, c'est la ligne de bus que prend Meursault lorsqu'il reçoit un télégramme lui annonçant la mort de sa mère aux hospices de Marengo !
– C'est incroyable, lui répondit l'autre libraire. On est dans les pas d'Albert Camus !
– As-tu eu l'occasion de le rencontrer ?
– Non messieurs, mais lui au moins je le connais !

Avant de quitter la librairie, l'un des vendeurs livra avec assurance et supériorité à son collègue :

– Sais-tu qu'Hemingway a posé son premier pas en France, ici à Bordeaux, en 1918 avant de se rendre à Milan ?
– Non ! Pourquoi tu y étais ? répondit l'autre.

Je quittais la librairie avec *Pour qui sonne le glas* et *Le vieil homme et la mer* sous le bras. Je retrouvai ma famille après avoir visité toute la matinée la vieille ville. Nous nous dirigeâmes ensemble dans une grande brasserie près du Grand Théâtre pour le déjeuner.

– Ce mois de juillet, c'est le mois de l'alose ! annonça le serveur qui prenait la commande, et précisa :
– Alose à l'oseille ! C'est dur à dire : Alose à l'oseille ! Si vous ne mettez pas d'oseille, les arêtes ne fondent pas à la cuisson !

La bonhomie du serveur tranchait avec le caractère réservé des Bordelais. On était loin des échanges nourris et passionnés des rues d'Alger. A l'image des façades parfaitement alignées des XVIIème et XVIIIème siècle du vieux Bordeaux, le conservatisme ne laissait que peu de place à la fantaisie autour de la table. Pourtant les vins auraient dû faire leur œuvre ! Le Pomerol faisait l'unanimité parmi les convives mais le sujet des très fortes gelées de ce début d'année glaçait la part chaleureuse du grand breuvage.

Le repas se termina avec les traditionnels cannelés. C'était déjà pour moi l'heure du retour pour Marseille, avant la grande traversée.

3

Le ciel de Provence offrait son plus beau ciel bleu immaculé lorsque les amarres furent larguées. En ce début de matinée, de nombreux passagers avaient choisi de s'installer sur le pont supérieur afin de profiter au mieux du spectacle. La lumière intense se réverbérait sur les parois d'un blanc immaculé du bateau et me forçait à maintenir mes yeux quasiment clos. La Bonne Mère s'éloignait progressivement, alors que le comte de Monte-Cristo, depuis le château d'If, pouvait être visible, tant le cargo se rapprochait des îles du Frioul. La rade de Marseille s'ouvrant vers le large amenait mes voisins à quitter les bancs de bois pour le confort des banquettes en simili cuir des ponts inférieurs.

Je restai seul sur ma travée et laissai divaguer mes pensées alors que les mouettes s'effaçaient du paysage, offrant comme seul point de vue l'horizon insaisissable où le ciel plonge dans la mer. Je tapotai sur l'angle du paquet souple des cigarettes espagnoles pour en dégager une. D'un geste mécanique, je portai le paquet à ma bouche et prélevai avec mes lèvres la volontaire. J'avais certainement copié cette gestuelle d'un Gary Cooper ou d'un John Wayne. Manquant de feu, j'avais repéré un groupe de six jeunes appelés qui avait fait le choix du grand air. Ils fumaient tous leurs cigarettes Gauloises de troupe contenues dans leur ration de combat et évoquaient avec hilarité leurs histoires d'amour. S'approchant du groupe, je compris que ce thème de l'amour n'était pas abordé dans le registre du romantisme mais plutôt sur des caractéristiques techniques. L'air marin libérait la parole !

La fumée de ma cigarette dessinait une trajectoire identique à celle qui sortait des grandes cheminées du bateau. Ma main plongea dans mon sac et je sortis les ouvrages achetés. *Le vieil homme et la mer* s'imposa dans ces circonstances et monopolisa toute mon attention. Tel un signal marin m'invitant à la lecture, mon regard se porta à tribord pour observer la nage de trois dauphins qui nous accompagnaient vers le large dans une nage de grâce et de fluidité. Pendant les vingt-cinq heures de traversée, je fis de nombreux allers-retours, le livre à la main, entre ma place à l'intérieur où j'effectuai quelques sommes et mon poste d'observation sur le pont.

Guidé, porté par cette lecture, notre bateau devenait mon rafiot ballotté par les vagues, face à mon destin. L'immensité de la mer me proposait le théâtre d'une vie qui se déroule en plusieurs actes.

A l'arrivée à Alger, l'espadon avait été attrapé et déjà dévoré par les requins, mais le vieux pêcheur avait recouvré la considération de tous.

4

Une forte odeur de transpiration acre, assortie d'une grande humidité imprégnait la salle. La première séance venait de s'achever et le vestiaire n'était toujours pas libéré. Je patientais avec François à l'extérieur pendant que la section des jeunes libérait les lieux. Le retour de mon voyage nourrissait notre conversation. Nous nous connaissions depuis la plus tendre enfance et vivions notre vie en parallèle. Ma virée en métropole et en Espagne impressionnait mon ami, qui avait bien du mal à imaginer quitter notre région natale. Ce défi avait été relevé avec succès pour lui alors que je considérais ce périple comme une chance de découvertes. Il faut dire que nous nous lancions régulièrement dans des projets, motivés par la recherche de nouvelles sensations.

– Vous pouvez entrer, le vestiaire est libre ! clama l'entraîneur.

François cultivait une vraie passion pour la boxe anglaise et m'avait attiré à la découverte du noble art. Il était capable de retracer les carrières de Georges Carpentier ou de Marcel Cerdan avec tellement de fougue que son corps se mettait en action en livrant des séries d'uppercuts, de crochets ou de directs. Depuis deux ans, nous fréquentions assidûment le lieu et mettions régulièrement nos gants au foyer du lycée pour des sparring-partners pendant lesquels nous répétions les enchaînements. François contrait mon allonge en venant au contact et n'hésitait pas à viser le foie d'un crochet gauche. Plusieurs fois, j'avais mis le genou à terre. Dès lors, j'avais appris à serrer ma garde. Au fil du temps, mes coups devenaient plus précis et mes enchaînements faisaient de plus en plus mouche.

Dans le vestiaire, alors que certains s'enroulaient leurs bandes de protection autour de leurs mains et de leurs doigts et que d'autres se laçaient leurs chaussures de boxe, nous fûmes appelés par l'entraîneur. Il nous attendait pour son riche programme qui se composait invariablement en : chauffe, enchaînements techniques, combats, abdominaux et étirements. Il imposait une rigueur extrême qui commençait déjà par le respect des horaires. Sa carrière avait été marquée par de nombreux combats que son visage relatait tel un livre ouvert. Un nez tordu et aplati, des paupières lourdes, une cicatrice au-dessus de l'arcade sourcilière droite et une autre sur la pommette gauche témoignaient de la férocité de ses adversaires.

A l'occasion d'un changement d'atelier nous conduisant à nous diriger vers les gros sacs de frappe, François m'apprit les événements dramatiques qui s'étaient déroulés pendant mon absence.

– Tu as su pour l'attentat à Blida ?
– Non, que s'est-il passé ?
– Les deux compères, vous parlerez dehors ! cria notre entraîneur et ajouta : Paul, viens on se fait une opposition!

Le moment de la correction se dessinait. Une faute commise et la sanction se payait comptant, sans histoire, en face à face sans échappatoire. Après quelques séries échangées, mon partenaire imposé accentua le rythme et me toucha à plusieurs reprises. A chaque fois, il criait « monte ta garde ! ». Sur un changement de pied d'appui, je livrai deux crochets gauches puis fléchissant sur mes jambes, je touchai le sternum grâce à un direct en coup droit. « Il ne faut pas taper son professeur » me dira François avec malice de retour aux vestiaires alors que ma paupière de l'œil droit virait au bleu très foncé.

Après être passé par la douche dont la température pouvait varier du froid au brûlant en quelques secondes, je l'interrogeai enfin sur l'attentat de Blida.

– Une embuscade, il y a une semaine. Six soldats ont été tués. Depuis, l'armée s'est déployée et cherche partout les auteurs, répondit-il d'une voix saccadée par les salves d'informations.

Même si je n'avais passé qu'une soirée avec mon père depuis mon retour de métropole, avant de repartir à l'internat du lycée à Alger, je ne compris pas pourquoi ce sujet n'avait pas été évoqué. Il préférait observer le silence, peut-être pour protéger les siens.

– Samedi, tu rentres à Marengo ? me demanda François tout en s'essuyant avec une serviette au format ridicule. Il mettait un soin tout particulier à frotter toutes les parties de son corps en s'attardant sur ses doigts de pieds. Nu comme un ver, il parlait avec vivacité et, comme à chaque fois, serait le dernier à quitter la salle.
– Oui. Alors presse-toi pour récupérer tes bagages après les cours. Qu'on ne rate pas le bus ! On se la fait notre partie de pêche dimanche matin ? lui demandai-je.
– Chiche ! On devait la faire avant ton départ, on essaiera alors ton embarcation !

L'entraîneur fit irruption pour prendre de mes nouvelles. Sans s'excuser - ce serait une faiblesse - il complimenta son élève pour sa progression et son punch. L'œil maintenant totalement fermé, j'accueillis ses mots avec bonheur et presque réconfort.
– Coco-bel-œil, tu ne vas plus te sentir ! me lâcha François.
– François, t'es une crevure !
– Attends quinze jours avant de déclarer ta flamme à Jeanne, elle risque de prendre peur !

– Toi ! occupe-toi de ta tige ! Qui je vois, n'a toujours pas une taille adulte !

Jeanne habitait Marengo. Je la connaissais depuis nos premières années scolaires, pourtant mon attrait pour elle ne s'était manifesté que très récemment. Une nouvelle coupe de cheveux, des habits plus proches du corps, un visage affiné avait révélé ma forte attirance. J'avais confié à François que je souhaitais essayer de l'embrasser cette fin de semaine. Avec mon œil tuméfié, la pitié pouvait faire son œuvre, mais je savais déjà que la stratégie de la plainte ou de la compassion n'apportait que peu de résultats. La belle Jeanne avait des airs en commun avec la serveuse espagnole. En revanche, elle n'avait visiblement pas la même poitrine. Là où l'Ibérique proposait des formes discrètes, Jeanne affirmait une générosité triomphale.

Le bus, en cette fin d'après-midi, déposa ses passagers de Marengo sur la place du village et repartit aussitôt, n'enregistrant aucune montée. Il s'éloigna vers le nord dans un panache de poussière. J'étais heureux de revenir chez moi pour revoir ma famille et mes amis.

– Mon Dieu, qu'est-ce qui t'es arrivé mon fils ?
– Rien maman, à la boxe. C'est mon professeur.
– Eh bien celui-là, il a de drôles de façon de t'apprendre.
– Ça fait partie de l'apprentissage...
– Oui c'est ça ! C'est comme si quelqu'un venait me voir pour lui enlever un coup de soleil et qu'il repartait avec un zona !
– Maman, la boxe c'est donner et apprendre à recevoir des coups, la magie ça doit être magique.
– Arrête de me traiter de fée ! Viens goûter ces beignets que j'ai préparés ; pendant ce temps je vais te chercher de la crème d'arnica.

Après une courte nuit et après avoir avalé d'un trait mon

grand bol de chicorée, je sortis discrètement de la maison et me dirigeai vers le garage, dans lequel un convoi exceptionnel m'attendait. Je vérifiai une dernière fois la fixation de la remorque au vélo et la tension des sangles qui bridaient le canoë en aluminium. Mon père avait acheté cette embarcation d'occasion à Alger et nous avait fait la surprise pour notre cadeau de Noël.

La lune dominait le ciel, en offrant la totalité de ses quartiers dans un disque parfait. Les murs de Marengo formaient des écrans aux ombres géantes alors que quelques fenêtres témoignaient par des lumières jaunâtres du réveil de ses occupants. La sortie du village rendait cette nuit plus sombre. La dynamo du vélo alimentait une petite lumière sans grande intensité qui éclairait à peine les quelques mètres précédant la roue avant. Je connaissais parfaitement la route qui menait à Tipaza mais certains trous dans la voirie, mal éclairés, ne pouvaient être évités.

Mes parents louaient à Tipaza, depuis de nombreuses années, un cabanon sur la plage. Nous y passions nos étés, mon frère et ma sœur, comme des Robinson. L'aventure se jouait à chaque instant depuis ce cabanon sur pilotis en direction de la mer, de la plage, des collines boisées et des ruines romaines. Dans ces dernières, nous nous retrouvions avec d'autres enfants pour des batailles intemporelles toujours animées par le camp des gentils contre celui des méchants. Avec Jean, mon grand-frère, nous trouvions régulièrement des pièces romaines que nous ramenions comme des trésors de guerre. Le soir, après le repas, nous les classions par période en respectant la chronologie proposée par le livre des monnaies romaines que nos parents nous avaient acheté. Jean se passionnait pour l'histoire des personnages dont il trouvait le profil. Il pouvait raconter avec passion les vies tumultueuses de Faustine mère et de Faustine fille et philosopher sur *les pensées pour moi-même* de Marc Aurèle. Toute l'année, notre fratrie attendait avec impatience ces semaines estivales faites de liberté. La seule contrainte que nous connaissions portait sur le respect des heures des repas. Le premier qui arrivait, après appel de notre mère, agitait le cordon de la cloche sur le palier pour sonner le rassemblement. Les poissons composaient la base alimentaire du séjour. Frits, juste cuits à l'eau avec un filet d'huile d'olive, en matelote, notre mère-cuisinière nous offrait un choix de plats infinis. Seules les cuissons au grill étaient réservées à notre père qui maîtrisait le sujet à la façon d'un maître rôtisseur issu des grands banquets de la cuisine rabelaisienne.

Il fallait bien trois quarts d'heure pour rallier le port de Tipaza. Je devais retrouver François à mi-chemin, à l'embranchement du chemin qui menait à la ferme de ses parents. Ces derniers cultivaient du raisin de table, dont le célèbre muscat de Cherchell et du raisin de cuve qui livrait un vin de piètre qualité pour la consommation quotidienne. Il était vendu en vrac à des négociants qui l'assemblaient aux vins du Languedoc pour alimenter l'agriculteur et l'ouvrier de la métropole qui en faisaient une consommation de plusieurs litres par jour. Souvent coupé à l'eau, ce breuvage était leur boisson principale. Des années plus tard, arrivé en Provence, je découvrirai dans les fermes, le goûter de seize heures composé d'un verre de vin coupé à l'eau, avec un morceau de sucre, dans lequel on trempait des lamelles de pain, façon mouillettes des œufs à la coque revisitées.

François avait obtenu de ses parents l'accord pour réaliser à titre expérimental, sur quelques parcelles, un vin de garde en appliquant de nouvelles règles de conduite du vignoble et de nouvelles vinifications. J'aidais mon ami car je croyais aux potentiels résultats de sa démarche.

Tous ses choix techniques étaient contestés par son père qui ne comprenait pas leurs pertinences. Ainsi, lors de la plantation d'une petite parcelle, le débat avait porté sur la densité de pieds de vigne à l'hectare. A la véraison, l'incompréhension atteignait des sommets lorsque plus de la moitié des grappes étaient coupées pour être jetées.

La nuit vivait ses derniers moments lorsque j'aperçus devant moi, à quelques dizaines de mètres sur la route, trois silhouettes en djellaba qui traversèrent la route en courant. Ce dimanche matin, que faisaient ces personnes ? Le sang glacé, je me demandai si je devais poursuivre mon chemin. Me rapprocher du point de passage m'épouvantait. De toute façon, ces personnes avaient déjà traversé. Allaient-elles revenir sur leurs pas en m'ayant entendu? Il s'agissait peut-être de compagnons de fin de soirée ou de voleurs matinaux ou, pire, de fellaghas. Le cliquetis aléatoire de la chaîne sur le plateau et le pignon rendait mon convoi audible à longue distance. Mais comment renoncer à mon projet alors que François attendait seul mon arrivée à quelques centaines de mètres ? J'accélérai le rythme et le couinement de la belle mécanique s'intensifia sur la route déserte. Au point de traversée des inconnus, je n'osai pas regarder sur mon côté gauche, à l'image de notre jeune chien qui croit se cacher en plongeant sa tête sous le dessus de lit.

Le danger soupçonné étant éloigné, mon corps fut saisi de tremblements. Mes bras, mes jambes m'indiquèrent de m'arrêter alors que mon esprit me commandait de poursuivre le sprint. J'arrivai au point de rencontre particulièrement essoufflé, ayant vécu pour la première fois un véritable tourment qui pouvait être lié aux événements. Mon insouciance disparut cette nuit entre Marengo et Tipaza.

– Tu as dix minutes de retard ! Tu as rencontré Jeanne en chemin ? s'exclama François.

– Non… Laisse-moi reprendre ma respiration.

Les deux pieds à terre, le vélo entre les jambes, la tête appuyée sur les avant-bras, j'essayai tant bien que mal de reprendre mon souffle.

– Ah, je sais ! Elles étaient deux, Jeanne et Michèle !
– Non, arrête François…j'ai vu trois gars…

François écouta mon récit et comprit ma peur. Il passa son bras autour de mon cou afin de m'apaiser. Nous décidâmes de quitter les lieux pour gagner la mer au plus vite.

Les premières lueurs du jour perçaient, livrant une légère fraîcheur sur une mer qui reposait comme un bain d'huile. Arrivés sur la plage, les sandales retirées, nous détachâmes les sangles pour libérer le canoë qui se laissa guider jusqu'au rivage. Puis, les pieds dans l'eau, nous l'accompagnâmes sur les premiers mètres afin d'avoir suffisamment de tirant d'eau. D'un mouvement spontané, François monta à bord et plaqua le bateau sur le banc de sable. Avec dix centimètres d'eau, Archimède n'y pouvait rien. Il fallait poursuivre encore son accompagnement vers plus de profondeur. Enfin embarqués, les pagaies en main, nous nous éloignâmes lentement du bord en calibrant nos efforts pour tenir une voie rectiligne. Les cannes prêtes à l'emploi, préparées la veille, n'attendaient plus que leurs proies. Pour cela, il suffisait juste de mettre les leurres à l'eau dès lors que la zone de pêche serait définie. Nous attendions dans le silence légèrement brumeux du lever du jour, la collaboration de nos alliées ailées. Ce matin, les mouettes tardèrent à arriver. Inutile de poursuivre l'effort vers le large, il s'agissait maintenant d'attendre sur l'eau le signal aérien. L'erre entraîna le bateau dans la même direction pendant quelques secondes, puis l'embarcation s'immobilisa dans le silence.

– Tu en parleras à ton père de ta rencontre avec les gars ce matin ? m'interrogea François.
– Oui, et je sais déjà ce qu'il va me dire !
– ... Qu'il faut que l'on fasse attention, avança-t-il.
– Que la situation de notre pays se détériore davantage chaque jour et qu'il faut prendre des précautions pour notre sécurité.
– Regarde, là, devant, elles plongent !

En quelques secondes, une vingtaine d'oiseaux venus de nulle part organisèrent un ballet de vols en piqué. Le cap était donné au canoë. Loin d'être comparables aux performances des pagayeurs des courses hawaïennes, nous arrivâmes sur zone rapidement. Des centaines de fretins sautaient hors de l'eau pour éviter les gueules déployées des prédateurs qui les suivaient jusqu'à la surface. Des tourbillons se formaient ; quelques arêtes dorsales perçaient la pellicule de l'eau avant de replonger afin de reprendre les attaques par le dessous du ban des petits jols. Deux fronts étaient ouverts ; les mouettes hystériques n'avaient qu'à choisir leurs proies plaquées à la surface de l'eau. Elles virevoltaient en criant avant de plonger. Notre présence ne les gênait nullement. D'un lancer tendu droit devant, le leurre, composé d'une lourde palette argentée et d'un gros hameçon triple, dessina une trajectoire parfaite pour aller taper au cœur des remous. Je basculai l'anse du moulinet pour bloquer le fil sur la bobine et commençai à ramener le dispositif en imprimant des accélérations sur la manivelle. Il ne fallut que quelques mètres de progression du poissonnet métallique pour déclencher une virulente attaque. La canne se plia en dessinant une courbe jamais connue.

– Desserre le frein ! cria François porté par l'excitation.
– C'est trop puissant, ça va casser, lui répondis-je tout en

essayant de ma main gauche de saisir la molette sur le dessus du moulinet afin de desserrer la contrainte sur le nylon.

Les quelques tours accordés pour libérer partiellement la tension amenèrent le poisson à plonger vers les profondeurs emportant avec lui le fil qui se dévida à vive allure sur la bobine. Je n'imaginai pas que si près de la côte, il y avait une fosse aussi importante. Puis, mon possible poisson trophée stoppa sa plongée vers les abymes. Le fil perdit sa tension ; j'en profitai pour resserrer le frein et entamai un discret rembobinage pour retrouver le contact avec le spécimen. Très vite, de très forts à-coups répondirent aux pressions de pompage imprimés par la canne. Le combat était engagé. François s'excitait davantage à l'arrière du bateau, livrant les consignes que pourrait crier l'entraîneur à l'angle du ring. Le maintien de la canne à l'horizontale n'empêchait pas l'extrémité de son scion de plonger dans l'eau. Ainsi pour éviter l'abrasion du fil sur la coque, il fallait diriger régulièrement la canne de tribord à bâbord et inversement, en décrivant un arc de cercle en passant par la proue, quand le poisson changeait de direction. Sa puissance provoquait des déplacements du canoë sur l'eau. Nous vivions intensément cette traction animale et spéculions sur la taille et l'identité de la proie. Soudain, certainement par ruse, le poisson changea brutalement de cap et remonta à grande vitesse vers la surface. Le fil d'ariane, qui connaissait jusque-là une tension absolue, se relâcha totalement. Une tache argentée venue des profondeurs, se rapprocha à grande vitesse ; il fallut le plus rapidement possible rattraper ce fil concédé pour garder le contact. Arrivé en surface, le poisson, qui offrait un flanc de plus d'un mètre bleu argenté, replongea à la verticale vers les profondeurs. La puissance de cette manœuvre cassa net le fil qui, après avoir connu une tension extrême, semblait se soulager en faisant des volutes en son extrémité. Le silence qui suivit fut ponctué d'un “merde” conjoint.

Autour de nous, les mouettes avaient déserté le site, parties pour le port où les chalutiers devaient rentrer de leur nuit prometteuse. Particulièrement déçu de n'avoir pas pu remonter à bord la prise qui était venue flirter à la surface, je concédai à mon coéquipier que le matériel n'était pas forcément le plus adapté et qu'il fallait s'équiper autrement. La rencontre même furtive avec le prédateur me plongea dans un ressentiment que j'avais déjà perçu lors des approches sur des sangliers : celui d'une porosité entre les règles du monde animal et celles de notre condition humaine : l'instinct, le combat, et la survie. Le soleil prenait de la hauteur ; la partie de pêche au leurre s'achevait. Je n'avais jamais tenu de poisson aussi gros au bout de ma canne. Ma plus grosse prise avait été un splendide mérou de quatre kilos, qui après avoir été ferré, s'était calé dans le fond rocheux et comptait bien profiter de son appui contre les parois de sa cache pour résister aux tractions de la canne. J'avais alors utilisé une technique locale pour inviter le prédateur à quitter sa demeure pour la surface. En attachant un petit ballot de toile renfermant du sulfate de cuivre sur un émerillon fixé sur mon fil, j'avais expédié ma préparation, telle une tyrolienne, jusqu'à la grande gueule du poisson. La dissolution du cuivre dans l'eau avait amené le mérou à quitter sa cachette pour fuir le nuage bleu qui, tel un fil à la patte, l'avait précédé dans tous ses déplacements. Il pouvait donc être ramené sur la berge grâce à la chimie.

Alors les marins-pêcheurs, vous avez vidé la mer ? lâcha un vieux monsieur assis devant sa maison en voyant passer le convoi. Seule la présentation d'une prise justifie un récit ; sans elle, les pêcheurs savent qu'un phénomène d'amplification s'empare du narrateur. Un "non" collectif répondit à cette question taquine. Bien décidés à renouveler l'expérience, nous nous accordâmes sur la nécessité de changer de matériels.

5

Notre petite maison de Marengo se trouvait dans la rue de la clinique. Mitoyenne des deux côtés, elle offrait une modeste façade dont les ouvertures respectaient l'ordonnancement uniforme des autres maisons. Les fondateurs de la ville avaient respecté le plan en damier cher aux Romains en établissant des voies de circulation parallèles ou se croisant perpendiculairement - bien différentes des ruelles étroites et sinueuses de la casbah d'Alger que je connaissais assez bien grâce à Ahmed, mon ami du lycée. Les portes d'entrée, toujours ouvertes, assuraient l'interface entre l'intérieur et l'extérieur. Des chaises vivaient dehors, toujours accueillantes pour les conversations des femmes. Certaines préféraient le pliant personnel, qui, quotidiennement, se déplaçaient du placard de rangement à la surface de réunion. Ma mère aimait ces moments de veillée avec ses voisines pendant lesquels les sujets de discussion variaient d'une douce soirée à une autre. Chacune apportait son activité et il n'était pas rare que je sois, avec mes copains, mis à contribution avant de pouvoir nous échapper vers la place du kiosque. En période de production maraîchère, équeuter les haricots plats ou verts, écosser les petits pois nécessitait la réquisition de tous les enfants. Les mains agiles de nos mères déposaient les grains dans la vasque formée par leur blouse entre les jambes, tandis que la cosse s'éjectait dans un panier au sol.

– Bonjour tout le monde ! Papa est là ? demandai-je à ma mère.
– Oui, il est à l'intérieur. Je crois qu'il écoute la radio, m'indiqua-t-elle, tout en continuant son œuvre.
– Dis-moi Eugénie, tu ne nous a toujours pas raconté le voyage du petit en métropole et en Espagne ! s'exclama Paola qui conservait les yeux rivés sur son ouvrage.

Elle tricotait à toute période de l'année. Pour quelle utilisation ? Pour qui ? Demeuraient des questions sans réponse pour le reste de l'assemblée.

– C'est vrai, mais on ne se voit pas assez ! plaisanta ma mère.
– C'est ça ! Tu le diras à nos maris.

Repoussant les lanières du rideau multicolore, je trouvai mon père assis devant le poste radio, son attention totalement captée par les informations. De dos, il offrait une silhouette massive, confiante et rassurante. Sa tête bien ronde, à la peau lisse et bien tendue ne livrait pas de certitude à ceux qui devaient évaluer son âge. Sous les bretelles de son maillot de corps sans manche, les poils commençaient à conquérir ses épaules.

– Papa, il faut que je te raconte !
– Qu'est-ce que vous avez fait ?

Mon père connaissait bien nos capacités à expérimenter des projets originaux et notre aptitude à faire “les cons”, comme il disait. Je lui livrai un récit détaillé. Il m'écouta avec attention et professionnalisme, puis il me posa une série de questions précises. L'enquête venait de démarrer. Je découvris l'autre visage de mon père, celui auquel je n'avais jamais eu accès, cette part cachée qu'il ne nous livrait pas afin de nous protéger. Une tension indéfinissable se lisait dans ses yeux. Repoussant la bouteille de limonade et son verre, il me demanda de m'asseoir en face de lui.

De mémoire, je n'avais jamais entendu cette voix posée et aussi froide.

– Il y a des groupes qui circulent. Les actions du FLN se multiplient. Ces gars peuvent très bien être ceux qui ont

descendu les six paras à Blida, me dit-il.
– Vous allez les trouver ?
– Les enquêtes sont compliquées. Ils sont déterminés dans leur projet et ont pris le maquis.
– As-tu peur papa ? lui demandai-je.
– Peur de quoi ?
– Eh bien pour toi, quand tu es à leur recherche.
– Non. Je crains davantage pour vous tous, me dit-il.
– Pourquoi ?
– Je ne vois pas comment cela peut se terminer. Ce que je sais, c'est que les violences vont croître chaque jour davantage ...
– Papa fait attention à toi !
– Oui. Ne t'inquiète pas pour moi. Vous devez être vigilants. Tes sorties de nuit, tu dois les abandonner.

D'un mouvement lent, son bras s'avança sur la table. Sa main saisit la mienne et il me livra cette mission :
– Quand je suis absent, veille sur la maison !

Le récit que je lui fis ne l'étonna pas. Depuis plusieurs mois, il savait qu'un groupe s'était établi dans le Chenoua. Cette zone montagneuse, idéale pour le repli, permettait des projections faciles vers Marengo ou Tipaza. Au Nord, le Chenoua plongeait dans les eaux bleues de la méditerranée. La route côtière reliait les villages de pêcheurs que mon père connaissait comme sa poche. Sa bonhomie et son empathie lui ouvraient toutes les portes et sa pratique des langues arabe, espagnole et française lui permettait d'établir une confiance avec ses interlocuteurs. Il collectait des renseignements en multipliant les échanges avec les villageois. Il avait appris notamment qu'un groupe venait se ravitailler une fois par semaine, la nuit tombée, dans un village du Chenoua. Cette information, il avait pu la recueillir dans son petit restaurant préféré "L'Anchois" situé sur la côte.

Il adorait manger les sardines grillées de « L'Anchois ». C'étaient les meilleures selon lui. Pourtant, elles venaient des mêmes filets que celles que l'on retrouvait sur les autres tables des petits restaurants de front de mer. L'odeur caractéristique de ces poissons se diffusait dans un panache de fumée en se propageant dans toute la rue. La sardine est généreuse, un qui la grille, tous la savourent disait-il. Il y retrouvait les habitués du lieu toujours assis à la même table sirotant l'anisette. Les locaux le connaissaient depuis plusieurs années et l'appelaient "le beau Pierre". Mon père ne savait pas pourquoi l'un d'eux avait eu cette idée d'ajouter ce qualificatif à son prénom ; en tout cas, la dénomination était partagée par tous maintenant. La couverture, qu'il avait trouvée pour justifier ses passages réguliers, reposait sur une vieille tante imaginaire, qui trop fatiguée, avait dû quitter sa maison pour un établissement sanitaire d'Alger. Il venait donc aérer la maison et voir si tout se passait bien. Localisée à une dizaine de kilomètres de l'Anchois, le passage à l'heure du déjeuner devenait une évidence. Pierre avait poussé loin son professionnalisme en ayant identifié une demeure fermée dont la propriétaire, sans descendance, avait quitté l'Algérie pour la métropole.

Ce jour-là, lorsque mon père arriva à « L'Anchois », la conversation entamée portait sur la faiblesse des pluies depuis de nombreux mois puis évolua, sans transition, sur les actions du FLN.
– Ils sont cachés dans le maquis et font leurs coups la nuit, précisa le plus bavard du groupe.
– Oui, ils sont aidés par tout un réseau.
Ils viennent même dans certains villages s'approvisionner, précisa un autre.
– Moi, mon cousin m'a dit que dans sa rue il a vu des gars entrer dans une maison et repartir chargés de paquets.

Cette information livrée par un petit nouveau que mon père n'avait jamais vu dans le groupe, l'intéressa vivement. Il se devait d'obtenir davantage d'informations sans éveiller les soupçons sur ses missions.

– Il fait quoi dans la vie ton cousin ? lui demanda-t-il.
– Il est éleveur de chèvres.
– Il doit être dans la montagne ?
– Et oui, il est à Dra el Guenina.

Pierre n'exprima aucune satisfaction. Il arrivait à masquer ses émotions comme personne. A la maison ou au cabanon lorsque nous jouions aux cartes, il excellait dans le mutisme ou dans le bluff. Il provoquait souvent notre exaspération surtout lorsqu'on jouait à la Ronda. Il semblait posséder un jeu virtuel dans ses manches lui permettant d'interchanger ses cartes à sa guise.

Ce tuyau de première main allait lui permettre de programmer une planque dans ce petit village du massif. Il le connaissait de nom, mais ne s'y était jamais rendu. Il examinerait dès son retour à Marengo la carte d'état-major pour définir le trajet le plus pertinent afin de s'y rendre rapidement. Pierre n'avait pas de permis de conduire et se déplaçait soit en taxi, soit en autobus et quelques fois en tombereau. Pour que l'arrivée sur le site soit la plus discrète possible, il pensait réaliser le dernier kilomètre à pied.

Mon père rentra dans la nuit. Nous ne l'avions pas entendu refermer la porte capricieuse qui livrait des bruits de frottement sur les carreaux du seuil. Réveillé après quelques heures de sommeil par des cauchemars qui se succédaient, il avait tapoté dans le lit sur son côté gauche pour retrouver le corps d'Eugénie. Elle avait quitté la chambre depuis longtemps pour rejoindre la nôtre. Notre mère avait aperçu le liseré de la lumière allumée comme un trait de détresse de son fils aîné. Jean avait particulièrement souffert cette nuit-là. Il n'était pas rare qu'il sollicite une aide pour se lever. Des rhumatismes inflammatoires avaient gagné son corps à l'adolescence. Les douleurs intenses l'accompagnaient dans une vie faite de contraintes physiques. Les premières manifestations de sa maladie étaient apparues au gros orteil du pied droit et sous le talon du pied gauche. Pour la médecine, pendant plus d'une année, la croissance du corps expliquait ses maux. C'est grâce à l'intervention d'un chirurgien de Marengo qu'une consultation chez le rhumatologue en chef de l'hôpital d'Alger avait pu être obtenue. Après de nombreux examens, le diagnostic tomba : la maladie de Bechterew. L'ensemble de la famille démunie face à cette situation l'accompagnait avec un grand amour. Cette affection l'avait fauchée et hypothéquait totalement les grands projets de voyage qu'il avait depuis son plus jeune âge. Son courage et sa détermination suscitaient l'admiration de tous. Lors des crises, notre mère se montrait particulièrement disponible pour son fils aîné. Prenant place au sommet du lit, assise sur une fesse, les jambes croisées, elle caressait ce visage marqué par la douleur. Les mots étaient rares ; elle essayait de diffuser toute son énergie par sa paume de la main. Elle avait bien tenté d'adapter ses prières pour élargir son champ d'intervention avec l'eau bouillante dans la boîte de conserve, mais les résultats n'étaient pas au rendez-vous. Jean, dont l'humour lui servait de guide pour surmonter sa situation, taquinait notre mère sur son manque d'efficacité. Il lui proposait même de faire des stages de perfectionnement à l'université des fées ou des sorcières de la forêt de Brocéliande en métropole. Il avait cherché si, en Algérie, une forêt était aussi propice aux formulations magiques, mais n'avait pas trouvé. Sa maladie chronique avait changé le barycentre d'équilibre de notre famille. Les attentions de tous se concentraient sur lui, effaçant de fait les personnalités de la fratrie. Même si nous n'en parlions pas avec ma petite sœur, nous étions, je suis sûr, partagés entre sentiments de compassion et de jalousie. Maman disait que son grand-père avait souffert de la même maladie. Elle ne l'avait pas connu, le grand-père Georges. Il avait eu un destin bien singulier. Ses parents avaient quitté la Lorraine pour s'installer sur ces terres d'Algérie nouvellement conquises. "C'est un pays de cocagne !" leur avait-on dit. Lorsque le premier conflit mondial avait éclaté, l'état-major a appelé ses enfants dans les régiments de zouaves. Ainsi, le grand-père Georges, malgré ses douleurs, était venu combattre en métropole et se faire tuer à l'âge de vingt ans dans une tranchée, à dix-sept kilomètres du village d'origine de ses parents. Enterré sur place, sa sépulture de fortune se signalait, comme pour ses frères d'arme morts au combat, par une bouteille vide plantée à l'envers dans laquelle avait été glissée ses documents d'identité.

C'est avec courage que mon frère Jean poursuivait ses études. En dernière année dans le même lycée que moi, il avait pu obtenir des aménagements sur le temps de travail. Lorsque la douleur se faisait trop forte, il pouvait rester à l'internat jusqu'à ce qu'elle s'apaise un peu et lui permette de venir en classe. Son corps s'était métamorphosé en une année. Particulièrement amaigri, il se déplaçait avec une démarche saccadée. Penché vers l'avant, il s'aidait d'une canne lorsqu'il ne pouvait pas faire autrement. Ce handicap et cette souffrance me bouleversaient. Mon grand frère, ma référence, lui qui possédait une si grande culture et qui brillait par sa gentillesse ne pouvait pas être condamné à cette vie ankylosée dans un corps de contraintes. Particulièrement protecteur, je ne supportais pas les atteintes faites à Jean. Les moqueries, les réflexions déplacées reçues par mon frère me mettaient hors de moi et me poussaient à jouer des poings. Pour cela, mon père fut convoqué à un entretien préalable à un conseil de discipline, suite à une bagarre que j'avais provoquée.

Assis tous les deux sur les places avant du bus qui nous ramenaient à Alger pour une nouvelle semaine de cours, nous étions silencieux. Les arrêts dans les villages ponctuaient l'avancée du véhicule et permettaient d'ajouter des passagers. Ainsi le bus finissait complet, arrivé à destination. Lors d'une montée de trois lycéens de la classe de Jean, l'un d'eux au passage devant nous s'écria :

– Salut l'handicapé !

La main de Jean vint couvrir la mienne et ses doigts, par une légère pression, m'incitèrent au calme. Assis quelques rangs derrière nous, ils parlaient fort et distillaient des moqueries. Jean souffrait dans un silence stoïque et m'invitait à une grande retenue. La méchanceté crue se déversait dans ce bus qui nous ramenait vers Alger. Après ces deux heures de voyage, Jean éprouva des difficultés à se lever de son siège. Les stigmates de la douleur marquaient considérablement son visage et ses plis de souffrance demeuraient maintenant comme des rides prématurées. La descente des marchepieds fut difficile et longue, provoquant l'agacement des tortionnaires. Je portai les deux gros sacs qui devaient répondre aux besoins de nos deux semaines d'internat. Jean échangeait devant moi avec une dame venant d'une ferme voisine de Marengo, qui était allée en classe avec notre mère, lorsque l'un des comparses s'ingénia à lui faire un croche-patte. Jean ne put éviter la chute et tomba lourdement. Le bruit sourd de sa tête sur le sol résonna avec force. Je me précipitai sur ce corps allongé. Il n'avait pas perdu connaissance, mais son front était ouvert et saignait abondamment. D'une voix faible, il me dit que tout allait bien. Une révolte inouïe m'envahit et je bondis vers le trio. Le plus grand, meneur de ces lâches, me regarda dédaigneusement du haut de ses un mètre quatre-vingts. Flanqué à sa gauche et à sa droite de ses acolytes, le territoire lui appartenait.

– Tu as quelque chose à me dire ?
– Non, répondis-je.
– Alors file !
– Non.
– Tu vas avoir des problèmes, me dit-il avec un large sourire.

Il fit un pas vers moi, la tête en avant, les yeux noirs, prêt à me frapper. Seule l'offensive pouvait renverser le cours des choses. Il avait perdu l'avantage de son allonge en se rapprochant de trop près. Il fallait saisir l'opportunité, passer à l'acte. Je déclenchai alors une série de coups répétés très souvent à la salle de boxe qui se termina par une tape sèche au foie grâce à un pas sur le côté gauche. La grande gigue s'écroula de douleurs, le souffle coupé et le nez en sang. Ses lieutenants, ébahis par la scène, nous regardèrent quitter les lieux. Jean, tout en regardant devant lui, livra un « maintenant, il fera moins le malin ! ». Cet événement fit grand bruit au lycée.

Je retrouvai François au bas de l'escalier menant aux salles de cours du premier étage.

– J'ai croisé le guignol que tu as enfumé, il est bien marqué ! J'aurais tellement aimé être avec toi pour voir cette correction. Je me serais occupé des deux autres, me dit-il en s'agitant, les mains en position de garde.
– Ça a été plus fort que moi, je ne pouvais pas laisser passer cela !
– Tu as raison, c'est une figue, il a eu ce qu'il mérite.

Les jours qui suivirent, j'appréhendais les représailles sur mon frère et sur moi-même. Je n'aimais pas les conflits et la violence et je cherchais en général plutôt l'apaisement que la tension. Pourtant, je vivais cette contradiction de vivre une vraie passion pour les activités de boxe et de chasse à l'arc qui génèrent un vrai engagement face à l'adversité. François qui me connaissait si bien me proposa d'aller faire une médiation auprès du triumvirat. Cette action fut stoppée par l'initiative de la victime d'aller évoquer l'agression auprès de la direction de l'établissement.

La convocation fixée au lendemain matin dans le bureau du proviseur était une première pour moi. Ma scolarité n'avait jamais été sujette à des observations sur les règles de discipline non respectées et mes résultats scolaires me plaçaient toujours dans le ventre mou du classement de ma classe, de sorte que je n'attirais ni la lumière, ni la foudre à l'occasion des conseils de classe. Les longs couloirs au haut plafond conféraient à cette visite dans le bâtiment administratif un cadre de palais de justice.

Après une longue attente, la porte s'ouvrit et la secrétaire du patron du lycée fit entrer l'accusé. La salle d'attente offrait aux visiteurs un trombinoscope sous verre de personnages à moustache. Qui étaient ces illustres hommes ? Les prédécesseurs du pacha ou les clichés d'un concours du gendre idéal ?

Fallait-il porter une moustache pour diriger un établissement scolaire ? En tout cas, le système pileux développé au-dessus de la bouche avait fait l'objet de discussions sans fin avec François sur son bénéfice lors des baisers langoureux avec une partenaire. Il avait conclu cet échange par une affirmation définitive :

– Je suis sûr que ça les excite !

La porte du bureau s'ouvrit ; un chien format boite à sucre précéda le soulier vernis du maître des lieux. Après avoir réclamé un café, il retourna dans son bureau sans porter son regard vers son rendez-vous. De longues minutes s'écoulaient ; les portraits avaient de plus en plus le regard insistant. Enfin, par un appel du patronyme Dessigne, je me levai et me dirigeai dans le bureau.

– Alors petite frappe, vous réglez vos comptes à la sortie de l'autobus, juste devant notre lycée !
– Monsieur le Proviseur ...
– Vous entachez la réputation de notre institution !
– Monsieur, je ...
– Votre père est policier, que va-t-il penser de vos agissements ? Votre camarade est marqué au visage. Son père, avec lequel je me suis entretenu, demande des sanctions.
– Monsieur ...
– Nous allons convoquer vos parents et je programme un conseil de discipline. Vous pouvez retourner en classe !

La sentence tomba : une semaine d'exclusion. Je ne pus faire valoir mes arguments, même si j'échappais à une exclusion définitive. Je reçus néanmoins les félicitations officieuses de mon père. Ce dernier avait indiqué par courrier au tribunal de la sainte inquisition combien il était fâché contre son fils et qu'il veillerait à ce que cela ne se reproduise plus.

6

Je pris, seul, le bus pour ce retour prématuré à la maison. J'avais confié la sécurité de Jean entre les poings de François et ne doutais pas un seul instant de son engagement dans sa mission d'ange protecteur. A l'arrêt de Marengo, je fus le seul à descendre. Le chauffeur, étonné de ma présence, me questionna sur les raisons de mon voyage en semaine. Il connaissait les trois compères agresseurs et m'assura qu'il serait vigilant à ce que de tels comportements ne se reproduisent plus. Je traversai la place du kiosque en diagonale en passant sous les palmiers dont les palmes ondulaient grâce à un léger vent du sud. Quelques enfants glissaient à tour de rôle sur la rampe d'accès au kiosque. Je souriais car les souvenirs de mon enfance, en ces mêmes lieux, jaillissaient très distinctement. A la sortie du parc, juste avant de franchir les grilles d'enceinte, Ladi, une figure locale, se délassait assis sur un banc, sous les ombrages des végétaux à haute tige. Heureux de me voir, il m'invita à m'asseoir quelques instants à ses côtés. Ce vieil homme avait longtemps vécu dans le désert. J'aimais l'écouter et le regarder tricoter sa barbe avec son index, créant ainsi des boucles gréco-romaines dignes des plus beaux bustes en marbre d'illustres philosophes. Sa parole était sage. Il agrémentait ses récits par des anecdotes, des paraboles dignes du mythe de la caverne. Ce matin-là, afin de présenter la gourmandise ou la vanité des hommes, il me raconta la technique avec laquelle on attrapait les singes en lisière du désert en attachant dans les arbres des jarres remplies d'aliments. Ne comprenant pas pourquoi les singes se retrouvaient piégés, Ladi me répondit que les primates, après avoir introduit leur main dans le col étroit de la jarre, s'emparaient des victuailles en fermant le poing. Le diamètre de sortie ne permettait plus alors le passage de la main refermée. Le singe ne voulant se départir de sa conquête en la lâchant se condamnait par sa gourmandise.

– L'homme est un grand singe, me précisa-t-il.

Nous poursuivions nos discussions lorsque je vis mon père venir à ma rencontre. Il avait remonté mon trajet pour me retrouver.

– Paul, viens à la maison, j'ai besoin de te parler, me dit-il.

Je pris congé de Ladi et j'emboîtai ses pas rapides.

L'annonce de mon père en ce début de matinée ne laissait présager rien de bon. Il revenait dont on ne sait où et avait quitté Marengo depuis l'avant-veille. Il portait rarement un treillis militaire et ne se présentait jamais devant les siens habillé ainsi. Nous entrâmes dans la maison et nous installâmes dans la cuisine alors que ma mère nous rejoignait avec un bouquet de fleurs fraîches qu'elle venait de couper dans le jardin.

– Cette nuit, il s'est déroulé un drame dans la ferme des parents de François.
– Que s'est-il passé papa ? lui demandai-je, pressentant l'horrible.
– Ils sont tous morts, exécutés.
– Tous ?
– Oui tous ! Le père, la mère et le grand frère de François.
– Non !!! s'écria Eugénie dans une salve de sanglots.
– Tu es allé sur place ? Comment l'as-tu su ?
– Ce matin très tôt, une patrouille a découvert le corps de leur fils aîné pendu à un arbre, à l'extrémité de leur chemin juste avant l'embranchement de la route. Les parents ont été retrouvés égorgés dans leur chambre. Le fils l'avait été aussi préalablement dans son lit.
– C'est l'horreur ! Pourquoi Pierre, pourquoi ? cria ma mère.

– C'est de la violence pure, nous sommes maintenant touchés comme d'autres régions. Ils veulent que nous partions.
– Papa, vous allez les retrouver ? Dis-moi ?
– Nous allons tout faire pour les retrouver. Mais, la vengeance ne ramènera pas malheureusement cette famille.
– Vous avez averti François ?
– Il sera informé dans la journée par le commissariat d'Alger.
– Je vais prendre le bus pour le retrouver.
Pierre pensait fermement que les hommes qu'il avait pu espionner à Dra el Guenina étaient ceux qui avaient commis ces crimes. Il avait, dès le lendemain de ses observations, écrit un rapport pour le service de renseignements. Aucun retour ne lui avait été fait sur une opération de l'armée.

Peu de voyageurs attendaient à la halte routière. Je pris mon billet aller-retour pour la journée, n'imaginant pas revenir au lycée pendant ma semaine d'exclusion. Le voyage dura une éternité, les paysages défilant avec lenteur. Les souvenirs partagés avec les parents de François dans le vignoble ou autour de la grande table de ferme envahissaient mes pensées. Ils me connaissaient depuis toujours et ne concevaient pas leurs rendez-vous familiaux sans moi.

Comment allais-je révéler ce massacre à mon ami ? Peut-être que les policiers l'auraient déjà informé. Trouver les mots, les bons mots pour annoncer une terrible nouvelle. Pas la peine de circonvolutions, une phrase posée, pleine d'empathie, devait être ma règle pour cette déclaration mortuaire.
Arrivé devant le lycée, je sentis l'émotion me gagner. Une barre d'émotion m'écrasait la cage thoracique. Où allais-je le trouver ? Me dirigeant dans le couloir d'entrée vers le

bureau du gardien, je découvris sa silhouette prostrée sur une chaise, les mains supportant sa tête envahie par le drame.
François plongea dans mes bras. Il était anéanti. Il avait été appelé dans sa classe par le surveillant général pour venir à la rencontre des policiers.

– Pourquoi Paul, pourquoi ? Pourquoi ont-ils fait ça ? Mes parents et mon frère ne faisaient de mal à personne ! me dit-il entre ses sanglots.

Les larmes coulaient abondamment sur les joues de François. Je pleurais aussi. L'atrocité des faits avaient été révélée à mon ami sans précaution par les messagers. Des phrases courtes, incisives, définitives. La vie de mon ami venait de basculer en une poignée de secondes. Cette vie de vigneron, qu'il avait imaginé avec ses parents sur le domaine, disparaissait.

La veille de son départ pour Alger, François avait eu un long échange avec son père à l'occasion d'une dégustation de ses vins. Il avait prélevé des échantillons dans chacune des barriques qui avaient terminé leur fermentation. Le vin rouge, de couleur quasiment noire avec quelques reflets violacés, impressionnait par sa concentration. La syrah révélait au nez des arômes de violette et de réglisse inouïs tandis que le vin blanc, élevé sur lie, livrait des notes de pêche, de miel et de brioche. Ce feu d'artifice aromatique laissait sans voix le père vigneron qui faisait tourner le vin dans son verre et inspirait régulièrement, le nez collé à ce nouveau saint Graal.

– Mon fils, c'est bon !

Au-delà de la qualité du vin produit par François, c'est ce que pouvait donner sa propre terre qui le transportait. Il avait poursuivi, avec peu d'évolutions techniques, le travail de son père et s'était ancré dans la tradition immuable d'une vigne devant produire de grand volume. Là, sous ses yeux, son propre fils ouvrait une autre voie, une voie de sacralisation du breuvage.

– Tu vois Papa, en choisissant des cépages nobles, en cultivant autrement nos parcelles, en respectant les plants de vigne, en tombant des grappes pour qu'ils ne soient pas surchargés, en vendangeant en pleine maturité, on obtient cette qualité !
– Mais comment as-tu appris tout cela ?
– Chaque fois que je voulais t'en parler, tu ne m'écoutais pas !
– Tu exagères... Et puis je t'ai laissé faire !
– J'ai essayé de comprendre comment les vignes étaient conduites en Bordelais et en Bourgogne ; et puis je me suis intéressé aux vinifications.
– Alors comment as-tu choisi les cépages ?
– J'ai trouvé à la bibliothèque d'Alger un grand livre d'ampélographie ....
– ... Tu as aussi étudié les amphores ? dit le père à l'œil rieur.
– Non, papa ! C'est sur l'étude des cépages. Et, compte tenu de la nature des sols, j'ai choisi des variétés qui pouvaient le mieux s'adapter.
– Ah oui, je me rappelle que notre pépiniériste m'avait dit que tu lui faisais commander des plants en métropole. Il te prenait pour un dingo !
– Avec Paul, on ne s'est pas trompé ! Tu as vu comme les pieds ont vite grossi et combien les grappes sont belles. Il n'y a pas de secret : quand tu appliques des recettes qui marchent ailleurs, tu as de grandes chances qu'elles réussissent chez toi !

La dégustation s'était clôturée par les encouragements de son père à poursuivre les expériences. François avait remarqué que son père n'avait laissé aucune goutte de chaque échantillon.

– Mets-en dans une bouteille pour faire goûter à ta mère !
– Tu en prendras, toi ? répliqua François.
– S'il y en a pour ta mère, je l'accompagnerai.
– Du blanc ou du rouge ?
– Tu ne vas tout de même pas compter pour tes parents ! Je ne comprends même pas que tu me poses la question !
– Entendu. Je soutire une bouteille de chacun.
– Enfin, tu deviens généreux.

7

En ce jour de marché, les étals des commerçants du village de Marceau débordaient de victuailles. Les épices, les fruits, les légumes, les pièces de viande, les féculents se mêlaient sur les présentoirs qui jouaient à touche-touche. Il fallait bien ces diversités d'offre pour satisfaire les cuisines arabe, juive et européenne. Les cuisinières, derrière les fourneaux, avaient développé des recettes mixtes en empruntant les savoir-faire de toutes les traditions. Eugénie nous régalait, enfants et mari, en préparant des boulettes de viande avec de la mie de pain trempée dans du lait, accompagnées de semoule à couscous ou de petites pâtes en forme de langue d'oiseau qu'elle faisait griller à la poêle, avant de les cuire à l'eau. D'ailleurs, elle indiquait que cette recette était le fruit du mélange des casseroles de ses voisines et que le talent de la cuisinière était de faire croire qu'elle avait tout inventé. Elle n'était pas très loquace sur ses recettes. Aux questions sur les quantités, elle répondait avec un léger sourire, un immuable "tu le vois" ; d'ailleurs même pour la durée de cuisson, le "tu le vois" était sa meilleure réponse.

Mon père était arrivé la veille à Marceau pour parfaitement s'immerger dans le village. Il savait que le groupe qu'il suivait devait se rendre sur le marché pour échanger en toute discrétion avec des complices. Son tuyau, il le tenait de son officier de liaison, le capitaine Henri de Palerne, qui lui avait précisé que les hommes de Dra el Guenina constituaient bien le groupe actif du FLN. Des membres de leur famille habitaient Marceau. Parmi eux, un dénommé Mustapha leur transmettait des missives du commandement régional de la lutte armée.

Pierre avait pris place sur la terrasse du café de la poste et enchaînait les cafés en lisant *Le journal d'Alger* que l'établissement laissait à disposition de son aimable clientèle. A la une du quotidien, les gros titres “ Accueil hostile d’Alger au Président Guy Mollet” et “Grosse émotion dans le Sahel après l’attentat à la bombe” campaient le décor d’un pays qui se déchirait.

Sous sa veste légère, son pistolet automatique 1935 A l’accompagnait dans toutes ses missions. Il l’avait méticuleusement nettoyé la veille dans sa petite chambre d’hôtel après avoir retiré le chargeur de huit balles. Prenant une à une les pièces étendues sur un chiffon, il les avait assemblées, après contrôle, avec une grande dextérité. Pierre avait fait usage de son pistolet à plusieurs reprises pour des affaires de droit commun mais jamais dans ce que la presse évoquait pudiquement comme « les événements ».

La nuit fut mauvaise. Réveillé à plusieurs reprises par de longues insomnies, il ne put rester dans le noir. Alors, il alluma l’unique point lumineux qui dansait suspendu aux deux fils couverts de tissu marron. Son regard fixait longuement le filament incandescent de l’ampoule. Mon père dormait uniquement sur le dos ; ses deux bras étaient toujours hors des draps pour garder une mobilité à chaque instant afin de réagir au plus vite. L’exécution de la famille de François le hantait. Il entretenait une relation amicale avec le père de famille. Ce lien fraternel entre François et moi les avait conduits à se rencontrer souvent. Nos deux familles avaient même passé une journée au cabanon de Tipaza, l’été dernier. Ce fut une très belle journée ensoleillée. Mes parents avaient dressé la table sur la plage, à l’ombre du cabanon, la mer à portée de quelques pas.

En milieu de nuit, un fort orage éclata avec son cortège d’éclairs précurseurs, digne d’un spectacle pyrotechnique qui cinglait le ciel. Pierre compta lentement pour définir la distance de l’orage. Trois kilomètres, deux kilomètres, un kilomètre ...

Visiblement la perturbation se rapprochait ; un vent tourbillonnant accompagna les premières grosses gouttes de cette forte dépression. La terre n'avait plus connu de trace d'eau depuis des semaines ; l'eau abondante tombée du ciel ruisselait dans des petits courants empruntant les rues et ruelles du village selon les faibles déclivités. Une fraîcheur nouvelle apparaissait après de trop nombreuses nuits étouffantes. Les vents contradictoires orientaient à chaque instant la pluie dans des directions différentes ; les gouttières des faîtages des maisons crachaient l'eau comme des gargouilles en colère. Quelques minutes après le début de l'épisode, une première goutte guidée par la gaine du fil électrique de l'ampoule tomba sur le lit. Telle une éclaireuse, elle avait initié le chemin pour les autres. Pierre se retrouva, bien malgré lui, dans la position du supplicié chinois. Une seule solution : déplacer le lit. Mais la chambre, n'offrant qu'au maximum un mètre vingt de tour de lit, le condamnait à conserver sa couche sous la délicate et régulière livraison d'eau.

Depuis sa table, Pierre portait un regard partiel sur le marché. Toutefois, si le ou les suspects respectaient le parcours formé par le cheminement entre les tables des vendeurs, ils ne manqueraient pas de passer dans son champ de vision.

Le commando avait rejoint Marceau en fin de nuit. Cachés dans une petite maison ne comptant qu'une seule fenêtre et une petite porte, ils attendaient l'effervescence du marché pour retrouver l'émissaire de leur chef afin de récupérer une missive. Grâce au jour créé par la déformation du volet, le plus jeune observait les allées et venues sur la place et attendait le moment opportun pour se rendre au banc du vendeur de volailles. Là, il devait retrouver son interlocuteur aux côtés de l'éleveur.
La foule se densifiait sur le marché ; le moment devint

opportun. Drapé dans une étoffe blanche recouvrant tout son corps et d'un foulard masquant son nez et sa bouche, il s'avança sur la place, dans cette tenue traditionnelle de femme, ne laissant apparaître que son regard. Il passa une première fois devant Pierre sans attirer son attention. Il avait quitté, au cours de sa première année, la faculté de droit pour rejoindre les rangs des combattants du FLN et ce jour, il accomplissait sa première mission. Son admission au sein de ce groupe avait été possible car son frère aîné, chef du commando, s'était porté caution de son indéfectible soutien à la cause.

Il progressa dans le marché en direction de son objectif, les yeux fixés vers le sol, levant rarement le regard pour se repérer dans son avancée. Le sol, non régulier, conservait dans des cuvettes les stigmates de l'épisode orageux amenant les passants à slalomer entre les flaques de couleur caramel. Son avancée sur le marché se ralentissait aux points de passage des dépressions. Les modifications du rythme de son pas lui généraient un grand stress. Arrivé devant une sorte de bassine qui occupait au moins la moitié du cheminement, il eut bien du mal à attendre son tour pour franchir le Rubicon. Il essaya de contenir son impatience en se raisonnant et se surprit en train de piétiner et de jouer des coudes pour progresser.

Après avoir bousculé un vieux monsieur, il comprit, au regard d'incompréhension, qu'il fallait impérativement se calmer. Depuis sa planque, son frère l'avait perdu de vue et connaissait, lui aussi, une tension grandissante. Pourquoi n'y était-il pas allé lui-même ou ne pas avoir confié cette mission à Mourad ?

L'objectif apparut enfin, plus que dix mètres à parcourir. Son cœur battait follement dans sa poitrine, lui masquant quasiment le brouhaha du marché.

Dans les cages, les volailles attendaient les acquéreurs qui allaient devenir maîtres de leur destin. Des négociations serrées sur le prix d'un coq avaient créé un attroupement devant le banc du volailler. La bête répondait à tous les critères d'un premier prix du concours agricole. Le roi du poulailler gonflait le torse, fier d'une crête rouge écarlate et de magnifiques barbillons qui depuis son bec se développaient le long de son puissant cou. Le potentiel acheteur reprochait au vendeur de mal entretenir cet animal en ayant négligé de lui couper les ergots. Chacun autour du gallinacé y allait de la sienne.

– Avec ses ergots, il doit marcher avec les pattes écartées, ton coq.
– Que dis-tu, il marche parfaitement !
– Moi, je lui coupe avec une pince.
– Moi, je lui retire avec une patate chaude !
– Avec une patate ? Arrête de dire n'importe quoi !
– Si ! Tu fais cuire une patate et tu lui enfonces l'ergot dedans quand elle est très chaude. Ça lui ramollit et tu peux lui retirer son crochet !
– Et ta patate, tu la manges après ?
– Si, je t'assure !
– Et tes poules, elles sont comment ? Avec les ergots qu'il possède, elles ne doivent plus avoir de plumes sur les flancs.
– Elles sont plus rapides à plumer !

Le vendeur s'agaçait que son coq devienne la risée du marché alors qu'il méritait d'être reconnu comme le plus beau spécimen de la région.

Arrivé devant l'objectif, le missionné contourna le groupe agité par la question du coq et se présenta sur le côté de l'étal. Tout de suite identifié par son correspondant qui se tenait assis en retrait, il put livrer le mot de passe "haïk", gage de son identification. Il se saisit alors d'une lettre cachetée qu'il dissimula aussitôt sous son habit. Il fallait maintenant rebrousser chemin pour retrouver son groupe.

Le marché connaissait une grosse affluence ce matin, et les allées, contraintes par les flaques d'eau, concentraient beaucoup de monde. Il se faufila le plus discrètement possible sur le chemin du retour. Devant la table de Pierre, à la terrasse du café, le cheminement des chalands était bloqué par un point étroit de passage entre deux étendues d'eau. Certains, perdant patience, s'aventuraient à passer les vasques en choisissant de mouiller leurs chaussures plutôt que d'attendre. Pierre s'amusait à voir les stratégies de franchissement des uns et des autres. Le messager, impatient de retrouver les siens se présenta devant l'obstacle aquatique et empoigna sur les côtés le long tissu pour le soulever. Son action pour ne pas salir sa tenue permit alors à Pierre de découvrir des souliers d'homme portés par une femme audacieuse en habit traditionnel. Lors du relâchement du vêtement venant de nouveau couvrir ses pieds, mon père comprit le stratagème. La probabilité pour que ce soit une Berthe aux grands pieds avec des rangers était particulièrement faible. D'un bond, il se retrouva sur le marché afin de mener la filature.

Il avait suivi à de nombreuses reprises des personnes et maîtrisait les techniques de discrétion. Mais là, il fallait qu'il reste en contact visuel avec cette silhouette informe d'un blanc immaculé dans une foule compacte ; cela nécessitait qu'il presse le pas afin d'arriver à bonne distance. Il put assez rapidement la réduire et calquer son rythme sur les pas de son objectif. Après quelques minutes, le messager quitta le périmètre du marché, traversa une rue et s'engagea dans une ruelle perpendiculaire. Pierre put voir qu'il s'engouffrait dans la petite maison qui faisait l'angle.

Il profita du sillage d'une charrette tirée par un âne se dirigeant vers la cache pour progresser, masqué, dans la direction. Il s'arrêta à une vingtaine de mètres en s'abritant dans le recoin d'une maison qui connaissait un décroché dans sa façade. Une glycine avait pris place dans cet angle depuis fort longtemps et déployait, le long de l'habitation, une floraison exubérante, livrant un parfum entêtant. Les abeilles se mobilisaient en grand nombre autour des pistils. Il ne devait plus rester grand monde dans la ruche.

De longues minutes d'observation s'écoulèrent sans qu'aucun signe de vie ne parvienne à Pierre, à l'exception d'un chat blanc et roux venant de nulle part, et se frottant à ses jambes en ronronnant. Il partait sur quelques mètres, la queue verticale, et revenait sur ses pas pour à nouveau se frotter à Pierre en produisant des miaulements rauques.

A l'intérieur du réduit, le chef du commando félicita la jeune recrue de l'accomplissement de sa mission. Heureux d'avoir réalisé cette modeste action, il mesurait son total engagement à la cause de l'indépendance en tendant la lettre à son frère. Ce dernier la glissa dans la poche intérieure de la veste qu'il portait sous son grand voile, tandis qu'à l'angle de la pièce, les deux autres membres du groupe disposaient quelques fines branches d'amandier afin d'alimenter un petit feu dans l'âtre de la cheminée. Sur un trépied de fortune, l'eau dans la casserole au cul noirci allait accueillir le thé à infuser.

– Mon frère, tu n'ouvres pas la lettre ?
– Non, je dois la remettre à notre commandant qui passera au camp.
– Tu sais ce qu'elle contient ? insista le jeune frère.
– Tu poses beaucoup de questions l'étudiant, lâcha, dos tourné aux deux frères, celui qui veillait à l'arrivée de l'ébullition.
– Je ne vois pas ce qui te dérange dans ma demande.

D'un demi-tour, le combattant quitta des yeux les flammes du foyer pour les plonger dans ceux du jeune homme.

– Écoute-moi, si tu es là, c'est parce que ton frère est avec nous. Sinon tu aurais dû faire comme nous tous !
– Et qu'est-ce que j'aurais dû faire ?
– Tu vois, tu interroges encore !
– Si tu ne me le dis pas, comment veux-tu que je sache ce que j'aurais dû faire !
– Tu devrais le savoir.
– Tous les deux, ça suffit ! pesta l'aîné et ajouta :
– Oui mon frère, tu es avec nous parce que tu as toute ma confiance. Normalement, pour intégrer un groupe de combattant, il faut connaître une épreuve. C'est une mission que tu dois accomplir et qui prouve ta loyauté envers notre cause.
– C'est quoi, par exemple ? interrogea l'étudiant.
– Tu peux recevoir l'ordre de placer une bombe, de tuer quelqu'un, de saboter... Une fois la mission accomplie, la preuve de ta fidélité est établie et tu peux alors intégrer un groupe de combattants.
– Et, il ne l'a pas fait ! S'insurgea le quatrième homme du commando qui jusque-là n'avait prononcé aucun mot.

Pierre patientait contre le mur et s'interrogeait sur la suite des événements. Ne sachant pas de combien de membres était composé ce groupe, il ne savait pas comment opérer. Il serait très vite repéré s'il devait les suivre. Il lui fallait donc du soutien. Dans cette maison, se trouvaient certainement les meurtriers de la famille de François ; ils ne pouvaient pas lui échapper. Mon père possédait une détermination incroyable. Des années plus tard, à l'occasion de la visite d'un château dans des territoires perdus du Massif central, je découvrirai les armoiries et la devise de la famille propriétaire des lieux.

Depuis ce jour, j'ai ennobli mon père par cette phrase gravée dans le granit de Lozère "De L'adversité, tu vaincras".

La petite fumée du feu pour chauffer l'eau du thé à la menthe se glissait dans la modeste hotte de la cheminée. Ce frêle trait blanc qui s'élevait dans le ciel indiquait à mon père que le départ n'était pas imminent et qu'il pouvait aller rapidement chercher de l'aide à la caserne de gendarmerie qui se trouvait à quelques minutes de là. Deux militaires, flanqués de leur pistolet mitrailleur Mat 49, répondirent à son appel et le suivirent à pas rapides. Arrivés sur les lieux, le conduit de cheminée continuait à libérer son signal.

– Nous allons les enfumer ! indiqua Pierre.

– Qu'est-ce que vous dites ? interrogea l'un des deux gendarmes.

– Il faut trouver une échelle et bloquer l'évacuation de la fumée.

– Ah oui, comme les blaireaux dans les terriers !

– Si tu veux...

– Je vais en chercher une, indiqua celui qui était resté silencieux. Il la faut grande ? demanda-t-il.

– De la hauteur du toit pour qu'elle soit efficace ! s'exclama Pierre. Il mesura que ses compagnons d'armes n'étaient visiblement pas issus de la fine fleur de la maréchaussée.

Le conduit qui délivrait les signaux sortait à l'angle de la maisonnette et ne nécessitait pas, pour l'atteindre, de marcher sur le toit. Après de longues minutes d'attente, le préposé revint avec une vieille échelle en bois prélevée dans une grange voisine. Pierre plaqua délicatement les montants contre le mur de la façade et entama lentement l'ascension barreau après barreau jusqu'au faîtage, son battle-dress sous le bras. Il put alors, après s'être hissé à la hauteur de l'évacuation de la fumée, déposer délicatement son vêtement comme un couvercle sur une casserole.

Mon père retrouva les deux gendarmes qui avaient positionné un tombereau couvert de foin en protection. Les regards fixés vers l'unique porte du bâtiment, il s'agissait maintenant d'attendre patiemment leur sortie. Pierre leur précisa qu'il fallait absolument les capturer vivants ou du moins ne pas tous les tuer. Les témoignages permettraient de tenter de remonter la chaîne de commandement car, jusqu'à ce jour, cette organisation demeurait totalement opaque.

A l'intérieur, la fumée qui ne trouvait plus son exutoire commençait à refouler dans la pièce. Un premier toussa, un autre se frottait les yeux, et tous constataient le reflux du panache blanc, telle une langue blanchâtre qui léchait la poutre de la hotte de la cheminée pour envahir la pièce. L'agitation envahit le groupe.

– On est piégés !
– Comment ont-ils su qu'on était là ?
– C'est à cause de toi, tu as été suivi sur le marché !
– Arrêtez ! Pesta le chef du groupe.
On doit sortir. Seule la mort peut nous empêcher de parler entre leurs mains !

La vieille porte s'ouvrit lentement et les membres du commando, les yeux rougis, s'engagèrent dans la rue avec le soleil en pleine face. Pierre tenait fermement son pistolet tandis que son index avait pris contact avec la gâchette.
– Halte ! cria-t-il en sommation.
A cette injonction, les combattants ouvrirent le feu en direction de la charrette. Les gendarmes ripostèrent immédiatement en délivrant des rafales qui cinglèrent les corps des trois premiers tandis que le quatrième, après hésitation, partit de l'autre côté de la rue. Pierre cria un nouveau

« halte » qui n'eut aucun effet. Il visa la partie basse du corps et au deuxième tir, toucha la jambe droite du fuyard qui s'écroula. Pierre s'approcha lentement du blessé qui gisait au sol en le gardant dans la ligne de mire de son revolver.
– Lâche ton arme !

La victime tenait son arme au poing. Sa main crispée par la douleur de sa jambe avait du mal à libérer ses doigts de la crosse du pistolet. Lorsqu'il tourna la tête pour regarder son prédateur, il fut aveuglé par un soleil dominateur et lâcha son calibre. Mon père, de façon mécanique, balaya avec son pied le pistolet. Le jeune homme souffrait terriblement. La balle avait touché une partie de son fémur. Pierre regarda le visage du jeune homme qui conservait quelques traits de l'adolescence, marqué par la souffrance. Il aurait pu être un ami de ses fils. Il l'avait peut-être été avant sa mobilisation, à la cause de l'indépendance.

Les renforts de gendarmerie arrivèrent après le dénouement des opérations et découvrirent les corps sans vie des trois autres combattants. Le déploiement d'un périmètre de sécurité autour de la maisonnette fut le premier ordre du jeune lieutenant, tout juste sorti de son école d'officiers. Pierre lui lança un “c'est bon, c'est fini”. L'issue avait été favorable mais elle aurait tout aussi pu être tragique pour Pierre et ses hommes. En effet, les renforts qui arrivèrent en retard à Little Bighorn ont précipité Le Général Custer et le 7ème régiment de cavalerie dans la mort.

Le jeune étudiant, seul survivant, convoyé sous haute sécurité à l'hôpital de Blida pour des soins devant lui permettre de répondre aux interrogatoires, souffrait dans un silence stoïque. Pierre voulut lui rendre visite et put obtenir une autorisation, deux jours après les faits. Le blessé bénéficiait d'un régime spécial dans l'établissement. Il

occupait une chambre isolée, au bout d'un couloir, gardée par deux sentinelles. Les soignants devaient montrer patte blanche avant de pénétrer dans ce réduit hautement gardé. Pierre quitta Marengo par le bus de 8 h 05 pour se rendre à Blida. La veille, autour du repas familial, il ne nous avait rien dit. Ma mère avait remarqué son détachement, voire son absence.
– Pierre, tu ne manges rien, ça va ?
– Oui tout va bien, je n'ai simplement pas très faim.
Jean, comme nous tous, percevait les contrariétés de notre père et lança la question simple :
C'est en rapport avec l'assassinat de la famille de François ?

Après un long silence, où visiblement papa cherchait à canaliser son émotion, il nous répondit :
– Pour l'instant, je ne peux pas vous en parler. Mais ça avance.

Arrivé à la gare routière, Pierre se dirigea vers le commissariat pour connaître les modalités de sa visite. Le planton lui demanda d'attendre dans le hall d'accueil. Après une longue attente, un jeune major au teint blafard vint le chercher pour l'amener dans son bureau. Dans son antre, il avait placardé des photos des châteaux de la Loire. Le cœur de la France royale, avec sa vallée de la Loire et ses fleurs de lys, connaissait un lieu d'exposition permanent depuis l'arrivée de son ambassadeur.
– Alors monsieur vous avez bénéficié d'une autorisation spéciale pour rencontrer le terroriste ?
– Major, je suis policier !
– Vous êtes en civil !
– Oui, je ne suis pas toujours en uniforme.
– Pourtant, c'est un honneur de le porter !
– Oui... (le ton pédant commença à agacer copieusement Pierre).
– Quel est votre grade ?

– Brigadier
– Pourquoi voulez-vous rencontrer cette personne ?
– C'est moi qui, avec le renfort de deux gendarmes, ai neutralisé ce groupe et blessé la personne.
– Ah d'accord ! Mais alors, quel intérêt de le revoir ? L'enquête ne vous est pas confiée !
– Je le sais bien, mais je veux le rencontrer.
– Pourquoi ?
– Ecoute-moi bien, François 1er ! Tu es mon supérieur hiérarchique, d'accord ! Tu as vingt ans de moins que moi et tu me fais la leçon ? Je me bats contre ces forces de l'intérieur et je veux comprendre les motivations des plus jeunes. Alors maintenant ou on se sort les doigts du cul ou on continue à faire des puzzles sur la bataille de Marignan.
– Vos propos sont inacceptables.
– Fais un rapport ! Je m'en tape ! Aujourd'hui, nos populations sont en danger. La situation dégénère avec des atrocités généralisées commises sur des innocents. Moi, je continue ! Mais sache, que ce ne sont pas des gens comme toi qui vont m'empêcher de poursuivre ma route !
– Vous aurez de mes nouvelles, je vous le garantis !
– Oui, en attendant, j'y vais.
– On ne vous laissera pas rentrer car je m'y oppose !
– Ah bon ! Tu as pris du grade en cinq minutes pour t'opposer à ce document signé par le commissaire !
– Allez-vous-en !

Pierre s'engagea dans le long couloir de l'hôpital qui avait connu un rafraîchissement récent tant l'odeur de la peinture glycéro saturait son système olfactif. Les deux gardes avaient ouvert la fenêtre qui donnait sur la cour intérieure pour tenter de renouveler l'air. Ils validèrent sans observation le laissez-passer. Toutefois, alors que l'un restait dans le couloir, l'autre accompagna mon père dans la chambre et se posta dans un coin afin de garder

une vue directe sur la rencontre.
Le visage du prisonnier incarnait dorénavant ce combat de l'intérieur, celui d'un enfant du pays que rien apparemment ne devait conduire à cette funeste rupture avec la France. La morphine à haute dose faisait ses effets et il apparaissait détendu et libéré de sa forte douleur.
– Je m'appelle Pierre, c'est moi qui t'ai suivi sur le marché et neutralisé à la sortie de la maison.
– Et alors, qu'est-ce que vous voulez que je vous dise ?
– Rien sur l'enquête, ce n'est pas moi qui la dirige. Je veux juste que tu me dises pourquoi tu t'es engagé dans ce combat à ton âge ?
– Pour la liberté ! La liberté de notre peuple !
– Que fais-tu dans la vie ?
– J'étais étudiant à la faculté de droit d'Alger.
– Mais justement, je ne comprends pas pourquoi, alors que tu fais des études supérieures, tu te bats contre ton pays !
– Oui, l'Algérie c'est mon pays, pas la France et on va gagner !
Pierre, calmement, relançait l'échange.
– Et la violence qu'en penses-tu ?
– Elle est nécessaire pour nous faire entendre !
– Ça va être terrible, tu le sais, ajouta mon père.
– Oui mais c'est la seule solution.

Pierre quitta l'hôpital, assommé par cette rencontre. Les choses étaient claires.
Le combat serait livré à la vie, à la mort.

8

Le lendemain des obsèques de sa famille, François quittait Marengo pour le sud du pays ; son oncle y possédait une ferme. J'avais pu le serrer dans mes bras au terme d'une cérémonie très éprouvante. Il m'avait alors dit qu'il partait pour une période indéterminée. Mon ami, mon complice, disparaissait de notre petit paradis.
Au-delà de l'immense tristesse, l'assemblée présente pour ce dernier au revoir à cette famille de viticulteurs exprimait une angoisse croissante pour sa sécurité. Les habitants restèrent longtemps après l'inhumation dans notre petit cimetière à commenter la situation. Je quittai ce lieu du repos éternel pour rentrer seul et laissai le chemin le plus direct pour aller m'asseoir sur un banc, près du kiosque, où avec François nous avions passé de longues heures à envisager le monde. La tête dans les mains, les coudes en appui sur mes jambes, j'essayai de faire un vide sidéral dans mes pensées noires. Le prêtre avait bien dit que tout ne pouvait pas s'expliquer et que Dieu avait rappelé ses enfants à ses côtés. N'avait-il pas d'autres options que de faucher un bonheur familial ? Mes larmes apportaient à la commissure de mes lèvres ce goût salé des baignades avec mon ami. Qu'allait-il devenir ? Qu'allais-je devenir ? Bien souvent, j'avais remarqué que les personnes âgées, au décès de leur conjoint, se demandaient ce qu'elles allaient devenir sans l'autre. Je trouvais jusqu'à cette date, cette question très égoïste, faisant peu de cas du destin tragique du défunt. Depuis, je les comprenais. Comment trouver un sens dans une vie future qui porte en son sein les ressorts du désespoir ? Le temps s'écoulait sur ce banc en fer, forgé dans les flammes de l'enfer.
Je sentis une main, dont le posé délicat sur mon épaule me rappela à ma condition d'être vivant. En inclinant légèrement ma face sur le côté, mon œil, entre les doigts écartés, identifia Jean qui se tenait debout appuyé sur sa

canne. Lui, que j'avais si souvent essayé de réconforter depuis le début de sa maladie, se présentait en soutien majeur à mon immense peine. Lentement, je redressai la tête et vis en retrait derrière mon aîné, la silhouette de la belle Jeanne. Pas besoin d'échanger, tous les deux connaissaient les liens que j'avais avec la famille de François. Le réconfort conjoint de leur présence me réchauffait le cœur.
Jean, après ce silence de communion, dit un simple :
– On y va, à tout à l'heure.
Et les deux corps tournèrent les talons et s'éloignèrent lentement, au rythme de la douleur de Jean, vers notre maison familiale. Jean et Jeanne ensemble ! Était-ce possible? Il est vrai que je n'avais jamais parlé à mon frère de mon attrait pour cette fille et que lui ne m'avait jamais fait part d'un quelconque désir pour elle. Je n'imaginais pas non plus que l'on pouvait être atteint d'une maladie chronique et invalidante et séduire. Rien pourtant dans leur attitude ne témoignait d'une quelconque aventure amoureuse entre eux, mais mon instinct avait identifié la romance.

– Demain, nous allons au cabanon !

Mon père nous invitait à nous retrouver le lendemain pour une journée au calme au bord de l'eau. Rarement, j'avais vu maman ne pas adhérer aux projets de mon père, mais dans ces circonstances tragiques, elle souhaitait rester dans sa cuisine prétextant des fruits ne pouvant attendre pour la préparation de pâtes de fruit. L'insistance de Jean et de notre sœur pour ce déplacement eut raison du blocage maternel. A ma grande surprise, Jeanne fit le voyage avec nous. Jean avait obtenu l'accord de nos parents, qui heureux de le voir connaître un bonheur sentimental, avaient immédiatement accepté sa présence.
Son maillot deux pièces, vichy bleu ciel, lui allait si bien. Je découvrais le corps parfait de Jeanne, courant vers les

vagues d'une méditerranée qui n'attendait qu'elle. Pendant ce temps, à la demande générale, je déployais le long filet qui devait nous fournir de la friture de jols pour le repas. Pierre restait immobile, à la manœuvre pour me guider, les chevilles dans l'eau. Il tenait les deux cordes d'une des deux extrémités du piège marin, pendant que je décrivais un demi-cercle avec l'autre bout. Pour cela, je m'éloignais du bord jusqu'à avoir l'eau qui flirtait avec ma bouche et je revenais sur la terre ferme en formant une large anse. Les forces de tous étaient alors mobilisées pour tracter cette grande nasse qui devait livrer les trésors de la mer. Ma mère prenait place dans la traction sur la cordée et nous encourageait vivement. Même Jeanne, amusée par ce tableau familial digne d'une parabole de Pierre le pêcheur dans un évangile apocryphe, tirait avec passion. Les fines mailles du filet résistaient grandement à la traction dans l'eau, il fallait maintenir les efforts pour éviter que la poche ainsi formée ne se distende. Ma mère redoubla alors d'encouragements et après de longues minutes d'effort, le filet fut enfin totalement échoué sur le sable sec. Là, le plaisir de découvrir le résultat du coup de ce chalut familial revenait à notre jeune sœur. Elle savait reconnaître les vives et se gardait bien de les saisir. Des petits poissons à friture en quantité, trois vives, deux soles, trois mulets, un loup et une belle étoile de mer ! : voilà le fruit de notre pêche de réconfort en bord de mer.
Mon père, maître des grillades et des fritures, avait disposé la large poêle sur le trépied. Les flammes bleues léchaient les contours du récipient en le noircissant et portaient l'huile à ébullition. Dans ce bouillonnement, il lâcha un à un les poissonnets, préalablement farinés, afin d'amplifier le croustillant du mets.

– Tu vois Jeanne, il ne faut surtout pas les mettre par poignées, sinon ils se collent les uns aux autres et ils cuisent mal, dit mon père, appliqué à transmettre son savoir faire.

– Ah oui. Je n’en ai jamais mangé.
Il me tarde de découvrir cela !

Cet échange, des plus simples entre mon père et Jeanne, nous livrait un père ouvert à nos vies sentimentales. Jeanne passait, disait-elle, une excellente journée en bord de mer ; mes parents lui proposèrent de revenir quand elle le souhaitait.
A notre retour le soir à Marengo, ma mère n’avait pas oublié ses fruits et nous invita à une séance d’épluchage dont on se serait bien passé !

9

– Il a parlé ?
– Oui, Pierre.
– Facilement ?
– Tu sais, il était jeune. Il avait beaucoup d'idéal, mais peu de résistance, lui répondit l'officier de liaison.
– Pourquoi parles-tu de lui au passé ?
– Son cœur a lâché. Il est mort en fin d'interrogatoire.
– Putain, c'était un enfant ! Il avait quasiment l'âge de mon fils aîné ! Qui a mené cet interrogatoire ?
– C'est un sergent qui n'en est pas à son premier. Que veux-tu, c'est sale... Mais, il a parlé. Peu, car il avait intégré très récemment le groupe de son frère.
– Son frère était présent à Marceau ?
– Oui, c'est un des trois hommes abattus. Quand le jeune est revenu dans la maison, il a remis une lettre à son frère qui commandait le groupe.
– Celle qu'il a récupérée sur le marché ? demanda Pierre.
– Oui. Elle a été retrouvée dans la veste du frère.
– Alors, qu'est-ce que vous avez appris ?
– La lettre fixe des cibles qui sont des personnalités de la région. Il faut que gendarmerie et police renforcent leur sécurité. Les consignes vont très vite être données.
– Est-ce ce groupe qui a massacré la famille de Marengo ? interrogea avec impatience Pierre.
– Oui, il a assumé cet acte commis par son groupe. Mais, lui n'y était pas.
– Pourquoi cette famille alors ?
– La ferme était isolée. Ça aurait pu visiblement être d'autres victimes.
– Ce n'est pas possible !
– Si, Pierre, c'est la merde ! lâcha le capitaine.
– Il vous a indiqué son campement ?
– Oui, j'ai envoyé immédiatement une section mais le lieu avait été déserté vraisemblablement la veille. Soit, ils ont

été informés par des indics de Marceau soit, en ne voyant pas revenir leurs acolytes, ils ont pris la poudre d'escampette. Sur place, nos hommes n'ont trouvé aucun indice sur leur destination.

Pierre et l'officier se quittèrent en convenant de faire un prochain point de situation la semaine suivante en ce même lieu.
Pour ne pas rentrer directement à la maison, mon père décida d'aller rendre visite à Philippe qui vivait non loin de là. Ça faisait bien longtemps qu'ils ne s'étaient pas vus. Leur amitié remontait à leur jeune âge lorsqu'ils jouaient dans la même équipe de football de Marengo. Ils avaient vécu ensemble la grande épopée de leur club qui les amena à battre la grande équipe d'Alger au début des années quarante.
Pierre marchait sur le chemin caillouteux en essayant de se remémorer un à un le nom des joueurs de l'équipe. Comme toujours dans pareil exercice, il manquait des personnes à l'appel de la mémoire. Il pestait de ne pas se souvenir du nom de l'ailier droit et ne se souvenait plus si les deux frères Bernardi avaient joué la finale. Pris dans cette recherche de ce vieux trombinoscope, il prêtait peu d'intérêt au joli paysage qui le menait chez son ami. Son attention fut soudainement sollicitée par une pomme de pin qui avait chuté de l'immense conifère qui trônait sur le bord de la route. Elle devint en toute évidence la boule de cuir d'un stade de pleine nature. D'un mouvement large, l'ancien libéro procéda au dégagement de son camp. Ce pointu de grande ampleur de sa jambe droite lui provoqua une douleur vive dans le haut de la cuisse.
Après quelques pas douloureux, une pause s'imposa sur une butte de terre non loin de la surface de réparation.
Il pestait contre lui. Un "quel con !" résonnait dans sa tête, sans indulgence. C'est alors qu'au détour du virage apparut un vieux paysan assis sur une petite charrette tractée

par un bourricot gris foncé qui connaissait le parcours sur le bout des sabots. A hauteur de Pierre, le cocher du splendide attelage le salua et lui demanda si tout allait bien. Pierre lui répondit en arabe qu'il avait mal à sa jambe.

– Monte dans mon taxi.
– Oh merci beaucoup ! Comment t'appelles-tu ? Moi c'est Pierre.
– Ahmed. Et toi, dis-moi, comment t-es-tu fait mal ?

Les explications entraînèrent un fou rire d'Ahmed. Il ouvrait grand sa bouche et découvrait de grandes dents, version Fernandel en tournée dans un cabaret d'Alger. Ses larmes coulaient abondamment sur son visage cuit par le soleil.
– Et tu n'as pas vu qu'il n'y avait pas de gardien de but en face ? ajouta-t-il.
Son bon mot alimenta de nouveau son rire généreux. Mon père, bon joueur, accueillit cette légèreté avec plaisir.
– Où vas-tu le champion ?
– Je vais chez mon ami Philippe qui habite à l'entrée de Meurad.
– Allez ! Monte plutôt que de te tenir debout, je t'amène. Je dois traverser le village pour aller dans mon champ sur la route de Marengo. Si tu veux, on peut s'arrêter chez moi, j'ai de la pommade pour te frictionner la jambe.
– Tu es vraiment gentil, l'ami.

Le pas lent du baudet amena le convoi dans la petite cour de la maison d'Ahmed. Nul besoin d'attacher l'animal ; il stoppa à l'ombre des branches généreuses d'un figuier qui avait dû trouver une forte humidité pour ses racines sous l'épais mur de clôture. Mon père resta assis sur le banc de la charrette pendant qu'Ahmed cherchait sa potion à base d'huile d'argan dans sa maison.

– Tiens footballeur, voici ton remède !

Mon père se frictionna la cuisse avec ses larges mains en appuyant puissamment afin de faire pénétrer la préparation d'Ahmed l'apothicaire. Le baume dégageait une chaleur apaisante sur le muscle meurtri. C'est alors qu'un petit chien, de type terrier, profita de ce passage inespéré de son maître pour sauter dans le panier en osier aux pieds du cocher. Ce matin, malgré plusieurs appels sous forme de sifflets, l'animal ne s'était pas présenté pour aller aux travaux des champs. Ahmed avait pesté contre la chienne du voisin qui n'était pas enfermée lorsqu'elle avait ses chaleurs.
– Qu'est-ce que tu fais là, mon lion de Kabylie ? Tu deviens fou avec la chienne du boulanger !

L'animal secouait sa queue dans tous les sens pour exprimer certainement sa satisfaction et ses excuses pour cette matinée récréative.

– Tu n'exagères pas un peu Ahmed, en le comparant à un fauve ? Ton chien ne ferait pas peur à une mouche !
– Peu importe ! L'essentiel, c'est que lui le croit ! Tu sais, il tient tête à des chiens bien plus gros que lui et il arrive à leur faire peur. C'est une question de détermination, Inchallah !
– Tu as raison, l'ami. Tu me conduis, tu me guéris et tu me raisonnes. Toi, tu es un sacré personnage !
– Tu sais quand on cultive la terre, c'est dur ; mais on a beaucoup de temps pour penser. On n'est pas dans les bureaux d'une grande ville. Quand tu creuses un sillon avec ta charrue, tu vas jusqu'au bout du champ, puis tu reviens, et tu repars. Ainsi de suite. Il n'y a pas de raccourcis. C'est comme la vie. Elle est faite d'expériences qui enrichissent, tu ne peux pas tricher.

Mon père aimait la sagesse de cette personne et poursuivit avec plaisir la discussion avec elle.
– Qu'est-ce que tu cultives dans tes champs ?
– Je fais des légumes et j'ai quelques arbres fruitiers. Mais tu vois, mes terres ne sont pas très bonnes. J'aimerais en avoir d'autres mais je ne peux pas en avoir. Les grands producteurs ont les plus riches et en plus, la production du pays part pour la métropole.

Mon père mesurait le déséquilibre qui pouvait exister entre ces simples gens, cultivateurs de cette terre depuis toujours et certains européens, grands propriétaires fonciers. Il avait envie de lui dire que chez les pieds-noirs, il existait de très grandes différences sociales, que beaucoup de son salaire passait dans l'achat des médicaments pour son fils et que sa famille vivait très modestement dans une maison ne leur appartenant pas. Certes, il louait un cabanon en bord de mer mais il avait pu l'obtenir parce qu'il était policier.
Pierre descendit avec précaution de la charrette en se tenant aux ferrures qui encadraient le banc. Ahmed se pencha alors vers lui. Ils se prirent les mains avant de se quitter et mon père lui promit de repasser le voir pour boire un thé à la menthe. Ahmed le fixa dans les yeux tout en conservant le lien de leurs mains et lui livra avec conviction : “Que Dieu te protège”.

Aux trois coups du heurtoir contre l'épaisse porte, Philippe répondit par un “ Oui ! Entrez !”. Mon père la poussa et trouva son ami dans le couloir qui venait à la rencontre de son visiteur. Ils s'enlacèrent. Le bonheur simple de revoir son ami, son frère de cœur. J'étais venu plusieurs fois chez lui. Nous partions à la chasse dans sa Simca Aronde qu'il utilisait comme une voiture utilitaire, lui faisant franchir tous les obstacles des chemins cabossés. Sa carrosserie témoignait de l'audace de certains parcours dont

les stigmates la marquaient en bosses et éraflures. Il n'en avait que faire prétextant qu'il connaissait Lulu, un très bon carrossier. Je doutais qu'il engagerait un jour une quelconque réparation sur son carrosse.
En accompagnant Philippe à plusieurs reprises, à la chasse à l'arc, dans les massifs de Djurdjura en Kabylie, j'avais mesuré ma forte acuité à percevoir l'invisible, certainement un héritage maternel.
Cette technique de chasse à l'approche nécessitait un grand sens de l'observation en mobilisant à chaque instant l'ensemble de nos sens. Notre progression dans la forêt s'effectuait au rythme des animaux avec des pas lents et des arrêts très réguliers qui nous permettaient d'analyser la situation. Philippe m'avait initié à cette chasse ancestrale et m'avait livré ses secrets sous forme de doxa. « Frotte-toi en début de partie de chasse avec de la végétation pour couvrir ton odeur », « progresse toujours à bon vent », «si le sol est sec, les feuilles craquent », « quand tu vois un animal, le premier qui bouge a perdu », «ne tire pas sur la laie meneuse »...

Philippe avait très vite identifié mon aptitude à percevoir les moindres indices de présence des animaux. Souvent c'était moi qui lui indiquais l'arrivée du gibier, alors que mon guide ne l'avait pas encore vu, entendu, ou senti. En me concentrant sur les indications de mes sens, en observant une immobilité totale et une respiration contenue voire retenue, les moindres manifestations extérieures devenaient perceptibles.
Je me faisais quelques fois surprendre par les propres bruits de mon corps. Philippe me surnommait le sorcier, tant cette aptitude relevait pour lui du surnaturel.
J'avais une explication beaucoup plus rationnelle qui tenait, à mon sens, à des millénaires de pratiques de la chasse par des populations de chasseurs-cueilleurs.
Il suffisait dès lors de cultiver ses sens.

Un jour particulièrement froid dans le massif, j'avais stoppé notre avancée dans le bois car j'avais identifié une présence qui se dirigeait vers nous à pas feutrés. Par une petite tape sur l'épaule de Philippe qui me précédait d'un mètre dans notre progression, j'avais stoppé notre équipage. Notre tête de cordée se retourna vers moi, la bouche dubitative en forme d'arc roman, pour m'exprimer qu'il n'avait rien perçu. Presque imperceptiblement, un bruit de feuillage remué s'amplifia au loin. C'est au bout de trente secondes que Philippe, dans une gestuelle maîtrisée du langage des sourds et muets, porta son index à son oreille droite pour m'indiquer l'arrivée de la bête noire. De son groin puissant, elle se gavait de glands et ne rechignait pas à engloutir les vers sous le tapis de feuilles mouillées. Sa trajectoire l'amenait vers nous. Le sanglier descendait le vallon dans une recherche aléatoire de nombreuses victuailles. Il apparut progressivement en se décalant lentement d'un bosquet composé de petits arbustes. Nos cœurs tapaient fort en découvrant ce solitaire venu de nulle part au pelage gris foncé. Philippe tenait son arc à l'horizontale, la flèche posée à plat sur la tranche de l'arme. La bête noire avançait lentement et stoppait régulièrement son avancée pour observer le milieu. Il devenait de plus en plus impressionnant livrant une puissance inouïe et ses énormes défenses marquaient sa massive hure. La distance nous séparant se réduisait au gré de son avancée car, depuis mon alerte, nous n'avions pas bougé d'un centimètre. Arrivé à une quinzaine de mètres de notre duo, l'animal stoppa son avancée derrière un vieux chêne vert et releva son groin pour mieux humer l'air. Sa lourde tête dandina de gauche à droite pour mieux identifier la présence hostile qu'il avait détectée. Il accompagna ses mouvements, de souffles qui résonnèrent dans nos oreilles comme un avertissement venu du fond des âges. L'arbre le masquait partiellement et sa position de face n'était pas idéale pour un tir mortel qui atteindrait un de

ses organes vitaux. Il ne fallait surtout pas bouger et attendre calmement. Après hésitations, le sanglier se décala sur sa droite afin de contourner le tronc de l'arbre. Il livrait enfin son flanc vulnérable à l'archer. Profitant d'une très légère inattention de l'animal qui avait tourné sa tête à l'opposé de notre poste, Philippe banda la corde de l'arc à la vitesse de l'éclair et décocha une flèche qui vint traverser le thorax du gibier en livrant un bruit sourd caractéristique.
L'animal détala à travers le bois. Philippe m'assura que la flèche était bonne alors que nous l'avions perdu de vue. Alors que je m'apprêtais à prendre le sillage de Robin des bois pour retrouver le gibier, il me livra une nouvelle règle d'or de la chasse à l'arc. "Lorsque tu as fléché un animal, attends une demi-heure sans bouger, car l'animal va s'arrêter au bout de quelques dizaines de mètres et mourir ; si tu le suis immédiatement, il va fuir au loin car il va se sentir traqué".
Nous l'entendions souffler en contrebas dans le vallon. Philippe me demanda si je l'entendais. Je crois qu'il avait oublié que je l'avais entendu arriver un peu avant lui. Après avoir respecté le délai légal, nous nous dirigeâmes vers le point d'impact à la recherche de la flèche. Elle s'était glissée en partie sous le tapis de feuilles, et laissait apparaître son empennage en plumes d'oie teinté de sang pourpre. Philippe la dégagea et me la présenta pour me montrer que la cible avait bien été atteinte. Nous retrouvâmes le vieux solitaire à une soixantaine de mètres après avoir suivi son parcours mortel constellé de son sang.

Depuis, Philippe m'avait confié un de ses arcs et plusieurs flèches pour que je m'entraine au tir.

– Que fais-tu là, Pierrot ? demanda-t-il à son visiteur inattendu.
– Je suis venu près de chez toi pour une enquête.

– Ça me fait plaisir de te voir ma couille ! Il faut que tu travailles pour venir me voir !
– Mais non ! Ne commence pas, sinon je repars !
– Détends-toi, je plaisante !

Toujours ensemble sur les stades et dans les sorties - tels des inséparables volant de branche en branche - leurs amis s'inquiétaient lorsque l'un d'eux apparaissait sans l'autre. “Elle est où ta couille ?” était devenue la formule amicale et élégante de civilités. Philippe m'avait quelquefois évoqué ses souvenirs communs avec mon père lors de nos sorties de chasse ; je découvrais alors des facettes d'une personnalité totalement inconnue. Je n'osais pas évoquer certains sujets avec lui, mais ça me faisait bien rire de connaître son univers croustillant. Ainsi, j'avais appris que le duo fréquentait, en dernière année de lycée, une petite rue d'Alger pour la légèreté de son accueil. Il avait fallu qu'ils insistent pour que les années supplémentaires qu'ils ajoutaient à leur âge soit reconnu par les femmes de joie. Leur ténacité avait emporté l'adhésion. Philippe m'avait précisé, lors d'une pause charcuterie-pain de campagne au milieu des bois, que les prostituées les aimaient bien et que papa les faisait rire. Je n'avais pas demandé pourquoi ; j'aurais certainement dû le faire.
Avec François - sans savoir à ce moment-là que je marchais dans les pas de mon père - nous avions fréquenté ces mêmes lieux. C'était François qui avait insisté pour que nous fassions cette expérience. Le souvenir glauque de cette première visite dans cette petite chambre aux sanitaires blanc-gris pour la toilette imposée aurait dû m'inviter à ne pas renouveler l'expérience, mais François eut des arguments déterminants pour nous amener à y retourner. Il faut dire que nous avions rencontré des filles agréables, coopératives et indulgentes. François avait développé des sentiments pour l'une d'entre elles, fort charmante, la belle Natacha et y retournait assez régulièrement

sans moi pour la retrouver. Elle n'avait rien de slave mais portait finalement bien son nom de scène. Puis, un jour, elle disparut, laissant mon ami dans une vraie mélancolie. Il essaya d'avoir des nouvelles par ses camarades de travail mais le silence était de règle. Il apprit finalement, après des semaines d'insistance, qu'elle avait dû quitter Alger pendant une longue période car elle avait été lourdement frappée par un militaire aviné. Il ne la revit plus jamais.

Lorsque j'appris cette histoire commune avec mon père, je ne pus résister à la raconter à François.
– Ouah ! Ça va grandement te rapprocher de ton père ! me dit- il.
– Tu es fou, comment veux-tu que je lui en parle ?
– Tu lui demandes seulement si sa première petite amie avait de l'expérience.
– Tu rigoles !
– Tu as peut-être un autre point commun avec ton père ?
– Ah oui, toi qui es si fort, tu vas me le dire !
– Tu te souviens, au moins deux fois, il n'y avait pas nos préférées.
– Peut-être...oui sûrement. Et alors ?
– Alors, on a eu à leur place des femmes expérimentées, même très expérimentées !
– Et alors ?
– Elles étaient jeunes au moment où ton père est passé. Tu as peut-être serré dans tes bras la même femme que ton père !
– Putain, François, tu n'as pas le droit de dire ça !
– Si, si, vous avez bon goût dans la famille !

Cette histoire de famille épicée me fut rappelée de nombreuses fois par mon ami. Lorsque je lui avais appris que la belle Jeanne vivait une relation avec Jean, il ne put résister à me rétorquer :
– Ton père, n'a-t-il pas eu une aventure avec sa mère ?
J'avais envie de le frapper et lui promis qu'au prochain

sparring, je lui arracherais la tête.
Philippe invita mon père à s'asseoir pour soulager sa jambe et lui servit un verre de vin rouge sans solliciter son consentement. Il aurait peut-être préféré un verre d'eau mais le choix avait été fait pour lui. Celui de Philippe occupait déjà le centre de la table et avait été rempli à plusieurs reprises avant l'arrivée de son visiteur. Les sujets de discussions s'enchaînaient, mon père parlant librement avec son ami. Philippe me livra, aussi lors d'une sortie, combien mon père aimait sa famille. Il lui avait confié, les yeux humides, qu'il souffrait dans sa chair d'être impuissant devant les douleurs chroniques de Jean et que sa fille était son soleil.

– Quant à toi, Paul, il sait qu'il peut s'appuyer sur toi pour veiller sur cette famille. Il m'a ajouté que tu étais un vrai combattant.

Mon père rentra à la maison en fin de journée. Après son passage dans le petit réduit qui nous servait de salle de bain, il prit place sur le petit muret en poussant quelques pots de géranium. Ma mère s'empressa de lui dire de faire attention à ne pas casser les tiges fleuries de ses précieuses plantes et lui demanda les raisons de sa forte boiterie. Sa réponse fut peu convaincante aux yeux de tous, mais personne ne mit en doute ses explications.
Profitant que nous étions tous réunis, mon père nous informa de l'élimination du commando sans préciser les circonstances de l'opération. Nous ne savions pas à ce moment-là, le rôle déterminant qu'il avait joué. Loin d'être soulagé par cette issue, il paraissait préoccupé. Il nous précisa seulement que la mort des fellaghas ne signifiait pas le retour à des temps apaisés et qu'il fallait redoubler de vigilance. Ma mère avait posé son arrosoir en acier galvanisé pour venir se placer derrière lui. Son bras lui avait délicatement entouré son cou et d'un mouvement lent,

elle s'était inclinée pour lui embrasser la joue. L'amour de ma mère s'exprimait toujours simplement, sans grande déclaration. De ses yeux humides s'échappaient quelques larmes qui cheminaient sur ses joues roses. Par mimétisme certainement, notre petite sœur saisit la main de Jean et m'entoura la taille, en nous serrant fort.
Nous quittâmes avec Jean "la cour aux fleurs" de notre chère maman pour gagner notre chambre. Dans notre petite maison, les enfants n'avaient pas chacun la leur. Notre petite sœur vivait ses nuits comme une princesse dans le royaume de quelques mètres carrés que maman lui avait aménagé avec beaucoup de goût dans ce qui servait avant sa naissance de pièce de rangement pour balais, conserves et objets divers. Nous plaisantions avec elle en l'invitant, lorsqu'elle était trop collée à nous, à retourner dans son cagibi. Elle pestait alors et nous rétorquait invariablement que nos parents l'aimaient davantage que nous. Un jour, elle ajouta même que Jean et moi n'étions pas les enfants de Pierre et d'Eugénie. Nous aurions été trouvés dans des paniers en osier portés par un convoi d'ânes devant les marches de l'église. Jean lui avait répondu que nous n'avions pas le même âge. Elle répondit spontanément qu'il y avait eu deux convois.
La préparation de nos bagages pour une nouvelle semaine à Alger terminée, nous nous couchâmes bien volontiers sans échanger sur les propos de notre père. Nous nous souhaitâmes un simple "bonne nuit". C'est à ce moment-là que Marie toqua à notre porte.

– Jean, Paul, c'est moi.
– Il est l'heure de dormir, que veux-tu ? lâcha Jean, que le sommeil gagnait à pas de géant.
– Je n'arrive pas à dormir, j'ai peur.
– Entre.

Sans avertissement, elle appuya sur l'interrupteur. L'ampoule, sans aucune diplomatie, nous aveugla, tels des

animaux éblouis par les phares d'une voiture.
– "Marie !" Nous pestâmes ensemble.

Elle s'avança lentement dans l'étroit passage formé par nos deux couches et s'assit sur mon lit en ajustant délicatement sa chemise de nuit. Une petite princesse qu'Eugénie avait coiffée comme chaque soir après lui avoir retirée ses barrettes. Ses cheveux détachés venaient lui couvrir ses frêles épaules. Le matin, elle choisissait entre queue de cheval et couettes.

– Qu'est-ce qu'il t'arrive le bébé ? Oui, malgré ses bientôt dix ans, je l'appelais encore ainsi. Pendant de nombreuses années, elle le restera encore. Notre épicière du bout de la rue l'avait qualifiée un jour de solaire, tant son sourire rayonnait et témoignait de sa douceur et de sa gentillesse.
– Je n'ai pas sommeil...
– Quel livre lis-tu en ce moment ? En lisant, tu vas trouver le sommeil.
– Non, mais j'ai peur. J'ai peur pour nous tous. Est-ce qu'ils peuvent venir nous tuer à la maison ?
– Marie, c'est normal d'avoir peur. Mais ici, nous sommes dans le village. Ils ne viendront pas jusqu'ici, rassura Jean.
– Notre père nous protège, ajoutai-je.

Elle s'allongea à côté de moi sans rien dire. Je ne pus l'en empêcher. Très vite, je sentis les premiers spasmes de ce petit corps qui trouva ensuite l'apaisement en fermant les yeux.
Le réveil sonna bien trop tôt ce matin-là. La présence de Marie dans mon lit m'avait réveillé à plusieurs reprises. Elle avait pris ses aises ; j'avais passé une partie de la nuit collé contre le mur en crépi. Telle une somnambule, elle regagna son logis, sans prononcer un seul mot, pendant que nous prenions nos affaires pour partir à Alger.

Au lycée, à la salle de boxe, nombreux furent ceux qui me demandèrent des nouvelles de François. Rien, pas de signe de vie de sa part pendant de longues semaines. C'est en avril, trois mois après le drame que je reçus enfin une lettre en réponse à mes envois qui jusque-là étaient restés lettre morte. Dès ses premières phrases, je compris que sa sidération des premiers jours s'était muée en haine. Il voulait s'engager dans le combat d'une façon ou d'une autre. Lui que j'avais connu ouvert, tolérant avait épousé un discours de lutte armée.

Il m'annonça qu'il n'envisageait pas de revenir avant la fin des vacances d'été et qu'il s'interrogeait sur son retour au lycée l'année prochaine.

10

La rentrée en Terminale se déroula donc sans François. Il ne revint définitivement plus au lycée. J'avais guetté, tellement espéré, son arrivée chaque matin du premier mois de la rentrée. Me résigner à son absence fut un vrai déchirement. Cette année scolaire me laissa bien peu de bons souvenirs.
Jean avait réussi brillamment son examen du baccalauréat et connaissait son premier emploi dans la banque de Marengo, la Compagnie Algérienne. Il bénéficiait grâce à l'intervention de notre père d'horaires aménagés, mais se faisait un principe de suivre l'emploi du temps de ses collègues. Il portait avec élégance son premier costume qui lui donnait, avec ses petites lunettes rondes, le vrai profil de l'employé de banque modèle. Notre maison se situant à deux cents mètres de son lieu de travail, il pouvait s'y rendre à pied. Eugénie aimait l'accompagner ; je crois qu'elle était particulièrement fière de son fils aîné. Jeanne, toujours aussi belle, intégrait à la même période le service comptabilité de la mairie de Marengo. "On va certainement les marier ces petits" disait maman à ses amies lors des séances de veillées. Ses dons divins avaient sûrement gagné du terrain car six mois après sa prise de fonction, Jean nous annonçait qu'il s'unirait à sa dulcinée l'été suivant. Leur bonheur rayonnait dans tout le village ; leur mariage apparaissait comme une évidence. Mes parents étaient très heureux pour leur fils et soulagés qu'il reste à proximité de la maison familiale.

– Paul, j'ai quelque chose pour toi pour ton anniversaire, me dit Jean.

Nous n'avions pourtant pas l'habitude de nous offrir des cadeaux mon frère et moi.

– J'ai perçu mon premier salaire le mois dernier et je veux par ce geste te remercier de ton aide au quotidien depuis le début de cette satanée maladie.
– Jean ! Me remercier de quoi ?
– De ta bienveillance ! D'accepter que nos parents se soient toujours plus préoccupés de moi que de toi.
– Arrête ! c'est à toi que je dois dire merci pour les leçons de courage que tu nous donnes. Enfin, merci pas pour tout! Tu es tellement bon que tu as même séduit Jeanne !

J'avais confié à mon frère, peu après le début de sa relation avec Jeanne, mon attirance pour sa fiancée. Je l'avais aussitôt rassuré en lui disant que je rendais les armes et que je lui souhaitais le plus grand bonheur.

– Mais tu sais qu'elle t'aime bien !

Il me tendit un colis, enveloppé dans de l'épais papier kraft et ceinturé par une fine cordelette.

– C'est quoi ?
– Ouvre, et tu verras !
– Je peux ouvrir, moi ? Marie venait de faire son apparition et occupait aussitôt tout l'espace de notre modeste cuisine.
– Non ma belle, c'est pour ton frère. Ce n'est pas ton anniversaire ! précisa Jean, agacé par l'intrusion de la petite dernière.
– Oui mais j'en ai marre, le mien est deux jours après Noël et je n'ai jamais de beaux cadeaux.
– Tu vois, pour nous, les ânes ont réfléchi avant de nous livrer !
– Vous m'énervez, je vais le dire à maman !

Je dénouai avec excitation le lien du paquet, mettant à profit ce temps pour réfléchir à son contenu. Je découvris en retirant délicatement le papier d'emballage deux livres d'Hemingway qu'il avait sélectionnés. Je lui avais raconté cette formidable rencontre à Logroño à plusieurs reprises. Je regrettais qu'il n'ait pu faire le voyage avec moi et lui promit qu'un jour nous irions ensemble voir Séville et *La Belle de Cadix.* Il me répondit "Malgré son sourire et son air engageant. La belle de Cadix ne veut pas d'un amant. Chi-ca, chi-ca, chic. Aye, aye, aye"

Il avait dévoré après moi *Le Vieil homme et la mer* et *Pour qui sonne le glas.* Nous avions depuis, plusieurs fois, échangé sur ces lectures. La guerre d'Espagne, livrant le combat entre les républicains et les franquistes, nourrissait notre imaginaire de résistants pour la liberté. Nos origines espagnoles se ravivaient fortement et nous donnaient une quasi double nationalité. Nous avions lu *L'espoir* d'André Malraux et avions commenté avec ferveur la victoire à la bataille de Guadalajara. Jean avait provoqué un débat familial, digne des grandes polémiques de l'histoire de l'art, en nous montrant à l'heure du déjeuner, la représentation par Pablo Picasso du bombardement de Guernica. A l'image de l'accueil réservé au tableau du Maître au pavillon espagnol de l'exposition universelle de Paris en 1937, la famille se partageait entre classiques et modernes dans l'appréciation de l'œuvre. Notre mère adhérait totalement à cette représentation cubiste du massacre des innocents espagnols alors que notre père soulignait l'invraisemblance et le caractère enfantin du tableau. Marie avait clôturé notre échange en nous disant que Picasso dessinait comme elle.

Les neiges du Kilimandjaro et *L'adieu aux armes* constituaient ce précieux cadeau. Je m'apprêtais à l'embrasser lorsqu'il m'arrêta pour me dire qu'il y avait une suite. Il se déplaça avec difficultés en direction du couloir et revint avec une longue et étroite housse en toile épaisse et une boite.

– Moi, je sais ce que c'est ! Marie avait fait sa réapparition.
– Puisque tu es là, offre ce cadeau à ton frère !

Elle prit avec délicatesse le présent pendant que Jean se penchait en appuyant à plat ses mains sur la table pour amortir son mouvement vers l'assise de la chaise pour s'asseoir. Son visage blanc, marqué par la douleur contrastait grandement avec le bonheur rayonnant qui l'animait. Sa souffrance dans un silence total livrait son exceptionnelle force de caractère. Je le regardais avec admiration et compassion.

– Tiens, c'est pour toi. Tu vas être très heureux. Quand tu vas l'utiliser, je pourrais venir avec toi ? enchérissait notre Marie.
– Marie ! tu peux attendre un peu qu'il découvre son cadeau.
– Oui, mais je n'ai pas dit que c'était ...
– Stop ! Tu te tais !

J'avais pourtant deviné la nature de son présent dès qu'il avait pénétré dans la cuisine. J'ouvris la housse et retirai les deux brins d'une canne à pêche en bambou refendu. Jean m'offrait un magnifique fouet pour pêcher à la mouche, une Pezon et Michel de neuf pieds de long. Il me tendit la boîte qu'il n'avait pas confiée à Marie dans laquelle un petit moulinet fourni de sa soie naturelle venait compléter l'équipement. Pour clôturer ce festival de cadeaux, il sortit de sa poche une petite enveloppe dans laquelle une dizaine de mouches, représentant les différents stades d'évolutions d'une grande éphémère, s'étaient entremêlées. Délicatement, je posai une à une les imitations de l'insecte sur la toile cirée de la table : de véritables œuvres composées de plumes et de poils enroulés sur les hampes de petits hameçons fabriquées afin de leurrer le poisson.

– Jean, tu es fou ! Je n’avais pas de mots pour le remercier. Je le pris dans mes bras, nos tempes collées l’une à l’autre. Je sentis le battement de nos cœurs transmis par nos têtes.
– Je suis sûr que tu vas briller dans les rivières, les truites sont voraces et ne peuvent pas résister à la tentation d’un bon posé de mouche ! Je te répète là ce que m’a dit le vendeur du grand magasin de pêche d’Alger !
– Moi, je ne comprends pas ! s’écria Marie. Vous parlez de mouches, mais ce ne sont pas des mouches ! De toute façon les poissons ne sont pas bêtes, ils voient bien que ce n’est pas bon à manger !

Je livrais à notre jeune sœur des explications qui lui apparurent bien peu convaincantes. Je lui promis qu'elle m’accompagnerait un jour pour constater l’efficacité de mes hameçons poilus.

Dès le lendemain, à la sortie du village, je m’initiais au maniement du fouet dans un champ libre de toute culture. Depuis la veille, il me tardait ce moment d’essai. Une excitation d’enfant, dans mon corps de jeune adulte, m’avait envahi. La soie se déroulait par saccades du moulinet et les premières volutes, très imparfaites, se formaient dans l’air. Même si j’appliquais à la lettre les consignes d’un article du *Chasseur français*, les premiers lancers furent très médiocres et très peu précis. Je convenais que pour acquérir la maîtrise du geste juste, il me faudrait de nombreuses séances de répétitions, bien davantage que les quelques séances de tir à l’arc que j’avais effectuées en ce même lieu. J’avais spontanément posé mon index sur le dessus de la canne. C’était par ce geste anodin que l’illustre écrivain m’avait abordé. J’en souriais. J’imaginais Ernest Hemingway à mes côtés, corrigeant ma posture, me témoignant ses encouragements, ses souvenirs de pêche dans les Pyrénées et pour finir me proposant une pause et d’aller partager un verre pour me livrer ses souvenirs d’Espagne. Je lui aurais posé d'innombrables questions.

Je n’avais pas vu arriver sur le côté, avec son pas lent, Ladi qui prit place au spectacle en s’asseyant sur la souche d’un vieux tilleul. Il me regardait avec amusement ne comprenant pas vraiment l’efficacité de cette technique de pêche. Il ne put s’empêcher de retenir un gloussement étouffé de rire lorsque ma soie forma une pelote et chuta sans délicatesse au sol.

– Ladi, tu sais, c’est dur !
– Oui certainement. Qu’est-ce que tu fais avec ta canne à pêche ? Tu essaies de dessiner dans les airs l’alphabet arabe ?
– Oui, c’est peut-être ça !
– Si tu veux écrire le mot poisson en arabe, c’est pas gagné !

Je pliai ma canne et vins vers lui. Je tentai de lui expliquer cette façon de pêcher développée dans les pays anglo-saxons. Il me regarda et me dit très naturellement :

– Vous les Européens, vous êtes toujours à la recherche du nouveau, du mieux... Pourquoi vous ne vous contentez pas de ce que vous avez ? Tu vas à la pêche avec une canne, un fil, un bouchon et un hameçon et ça marche ! Ou alors tu prends un filet ou un épervier !

11

L'eau, chargée de limons, coulait abondamment dans l'Oued en ce début de mois de juin, sous un soleil déjà estival. Les pluies des semaines précédentes avaient grossi le filet d'eau habituel de cette période de l'année en rivière teintée par les terres brunâtres. La végétation avait capté avec générosité l'humidité portée par le cours d'eau ces derniers jours. Les arbres, témoins majeurs de cette abondance, déployaient un bel ombrage verdoyant en bordure du lit de la rivière en offrant une voûte végétale sous laquelle une relative fraîcheur régnait. Le capitaine Henri de Palerne progressait avec ses hommes en marchant en bordure de l'oued. Grand et charismatique, il commandait avec fermeté et attention ses légionnaires. Sa chevelure blanche règlementaire lui donnait le panache de la vieille aristocratie française et son regard vif laissait présager une part de folie portée par des fulgurances des plus fantasques. Officier de l'armée de terre, il avait choisi de servir dans la légion, porté par une vision romanesque qui pouvait le conduire à espérer mourir au sommet d'une dune, entouré de ses hommes. Le récit de sa mort serait alors livré par la mère patrie reconnaissante et par une famille qui, de génération en génération, témoignerait de la bravoure de l'oncle Henri, mort dans les sables d'Afrique du Nord. Il aurait servi la France éternelle, drapé dans le romantisme de Stendhal, son auteur favori. Il avait pris le commandement de cette section pour cette mission particulière. Le lieutenant qui la commandait avait reçu une balle dans l'épaule et restait immobilisé pour plusieurs semaines.

Après le passage d'un pont romain en pierres, en constatant que les espaces s'ouvraient en offrant une large visibilité, l'expérimenté sergent tchèque vint aux côtés de son officier pour lui suggérer, avec son fort accent, une pause qu'il qualifia de méritée. Les hommes enchaînaient depuis des semaines, les longues marches pour des patrouilles de sécurisation. Havel savait leurs attentes sans que les soldats ne s'expriment. Il avait quitté les combats indochinois - où sa bravoure à Diên-Biên-Phu avait fait honneur à son régiment - pour ce nouveau théâtre d'opérations. Le Bison, comme l'appelait ses hommes, savait aussi jouer des poings pour faire entendre son avis ; sa réputation de bagarreur le précédait lorsqu'il franchissait la porte d'un bar de nuit où l'alcool et lui ne faisaient pas bon ménage. Régulièrement, ses camarades nocturnes devaient l'exfiltrer avant l'arrivée des services de la police militaire.

Au commandement d'une main levée par le capitaine, la section stoppa sa progression pour un repos d'une demi-heure. Le sergent positionna une sentinelle sur le pont, chargée de veiller à la sécurité du groupe. Les hommes, libérés de leur sac à dos et de leurs armes, se pressèrent à la rivière pour enfin se rafraîchir ; certains trempèrent leur chapeau de brousse pour refroidir leur crâne, d'autres se mouillèrent abondamment la nuque, le visage et les avant-bras.

Mon père les accompagnait dans cette mission ; il avait revêtu son vieux treillis beige sable et portait lui aussi le même chapeau dont il n'avait relevé qu'un seul côté. Ça lui donnait un air de Texas Ranger des grandes plaines d'Amérique du Nord. L'officier l'avait sollicité pour sa connaissance de la région, sa parfaite maîtrise de l'arabe et la totale confiance qu'il avait en lui. Ils se connaissaient depuis maintenant deux ans et s'appréciaient grandement. Les informations collectées par Pierre étaient précieuses pour les militaires. De même, hors du cadre classique, le capitaine n'avait pas hésité à communiquer les localisations du groupe FLN recherché. Mon père aimait se retrouver en compagnie des légionnaires pour écouter leurs récits exotiques et leurs faits d'armes. Cet officier me confiera un jour que ses hommes avaient beaucoup de respect pour mon père parce qu'il les avait tout simplement écoutés. Il me dira, ainsi : " Ils n'ont jamais été écoutés et reconnus pour ce qu'ils sont. A la légion, le chef doit prendre du temps lorsque l'un d'entre eux veut lui parler. L'oreille attentive qu'il n'a pas eue de son père, de sa mère, de ses proches, tu dois lui offrir. Il se sentira pour une fois, considéré, voire aimé. Ces hommes-là seront prêts à tout pour toi parce que tu leur as donné ce qu'ils n'ont jamais eu : de la considération. Ton père avait compris ça dès les premiers instants qu'il avait partagés avec eux."

L'officier vint s'asseoir sur un rocher près de Pierre. Il retira de sa poche de chemise son paquet de cigarettes et lui en offrit une.

– Tu vois, Pierre, je me demande souvent ce que l'on fout ici. Il n'y a pas de champs de bataille, de combats corps à corps. On traque des fantômes et on peut se faire dégommer à chaque seconde par un gars caché derrière un arbre.
– Je te comprends. Cette mission de pacification n'est pas habituelle pour des militaires formés à faire la guerre.
– Qui sont nos ennemis ? Il n'y a pas d'uniformes, de signes distinctifs. Une même personne peut être le jour, sage cultivateur et la nuit, redoutable terroriste.
– Ils contestent notre terre, ou plutôt ils revendiquent leur propre terre. Pourtant nos familles sont arrivées il y a plusieurs générations ; ici il n'y avait rien. Elles ont travaillé très dur pour faire ce qu'est devenue l'Algérie.
– Oui Pierre, mais l'Algérie française ...
– On peut très bien vivre ensemble sur ces terres. Je peux te citer tous les amis que j'ai et tu conviendras que leurs origines sont diverses. D'ailleurs ma famille est originaire d'Espagne et je suis Français ! plaida mon père.
– Mon capitaine, des hommes arrivent sur le pont ! In-

forma le sergent qui n'avait pas quitté des yeux le théâtre d'opération.

Ils s'avançaient sur le chemin caillouteux, des pelles et des pioches sur l'épaule pour franchir le pont. Ils revenaient certainement des champs que la section avait longés sur l'autre rive. A la hauteur du militaire en faction sur le pont, un bref échange s'engagea entre eux, puis ils poursuivirent leur route en venant en direction de la section qu'ils contournèrent dans un silence remarquable sans prêter attention aux soldats. Leur chemin les guidait dans la même direction que l'objectif fixé par l'officier.

– Pierre, je n'ai pas besoin de ta traduction, ils sont muets comme des carpes !
– C'est le mois du Ramadan ; ils doivent s'économiser. Je ne sais pas comment ils font pour travailler sous ce soleil de plomb sans boire une goutte d'eau ! dit mon père.
– En attendant, ces gars peuvent très bien renseigner sur notre position, sur notre déplacement, sur nos effectifs. Est-ce pour autant qu'il faut les considérer, a priori, comme des ennemis ? pesta le capitaine.
– Non Henri. Mais c'est vrai, être en alerte à chaque rencontre, ça peut nous rendre fou...

La section reprit sa progression avec des consignes de vigilance accrue et d'un espacement accentué entre les hommes. Mon père se tenait au milieu du détachement, précédé par un immense portugais qui avait certainement le pied marin tant l'ancre marine tatouée sur son avant-bras était grande. Pierre connaissait une pensée vagabonde en terre ibérique, certainement provoquée par son compagnon de patrouille. J'avais grandement alimenté son imagination par mes récits espagnols. Souvent, il m'avait interrogé depuis mon retour, sur la vie de notre famille là-bas, comme il disait. Je sentais alors un fort désir de renouer d'une façon ou d'une autre avec ses racines familiales. Les poèmes de l'oncle Tomate ne suffisaient plus pour consacrer les liens de part et d'autre de la méditerranée ; il fallait davantage. Il m'avait confié qu'il serait très heureux d'aller découvrir le bar à tapas Casa Pepe pour un apéritif avec son cousin et avait aussitôt ajouté que ma présence serait nécessaire pour le guider en Espagne.

La progression dans le lit de l'oued se poursuivit jusqu'en début de soirée sans avoir rencontré la moindre âme qui vive. Le sergent proposa à son chef un premier lieu pour le campement qui ne fut pas validé. Puis un deuxième, puis un troisième qui obtint enfin l'accord. Ce site choisi, sous les arbres, offrait partiellement les conditions de sécurité recherchées par le capitaine, mais il fallait bien fixer la section pour la nuit. Dans ces conditions, il interdit d'allumer le moindre feu de camp et imposa le silence absolu à ses hommes.

Mon père passa de longues heures à contempler la voûte étoilée avant de trouver le sommeil. Aucun nuage nuisait à la perception de ce spectacle céleste. Loin de maîtriser comme un bédoin la lecture des étoiles, il nous montrait dès qu'elles se présentaient la grande et la petite Ourse. Marie devançait régulièrement le doigt de notre père qui indiquait la direction des deux constellations en nous livrant, très fière d'elle, “ j'ai trouvé la petite et la grande casserole ! » Nous avions conseillé à notre paternel d'arrêter de nous parler de la famille Ourse pour tenter de la faire oublier à notre sœur et nous éviter de lever les yeux à chaque soirée d'été au cabanon.

Le jour n'était pas encore levé lorsque le groupe reprit sa progression en direction d'un hameau composé de quelques modestes maisons, objectif de cette opération.

Le capitaine voulait arriver au lever du jour afin de trouver tous les villageois et éviter que les hommes soient partis pour les champs. Après de nombreuses investigations menées conjointement par la gendarmerie et mon père sur l'origine des membres du commando de Marceau, l'information selon laquelle les deux frères étaient originaires de ce lieu avait été confirmée. Même si depuis plusieurs mois, les autres membres du commando, qui avaient fui leur campement, n'avaient plus fait parler d'eux, il apparaissait crucial d'arriver à les neutraliser. Seule une petite route sinueuse, à peine carrossable, desservait ces quelques habitations encaissées au fond de la vallée. Ahmed, un jeune berger encore dans l'adolescence suivait une petite dizaine de chèvres Arabia et s'apprêtait à quitter le village lorsque les militaires lui firent face. Le capitaine le contraint à rebrousser chemin et à le suivre. Ce demi-tour semblait plus préjudiciable pour le troupeau que pour leur gardien. Conditionnées par le parcours matinal vers la montagne, les chèvres montraient de fortes réticences à ce changement de programme décidé par ces visiteurs inattendus. Chacun dans la section apportait son soutien au berger en tapant dans les mains pour convaincre les caprins au changement de destination. Le magnifique bouc aux longs poils et aux cornes, en forme de guidon de vélo de la première édition du Tour de France, campa sur sa position, restant sourd aux agitations des militaires.

– Vas-y le Bison ! Montre-lui que tu n'as pas peur d'une chèvre ! plaisanta le Portugais, soutenu par ses camarades de combat dans le défi lancé au sergent Havel.

Ce dernier s'avança et empoigna les cornes pour faire pivoter de cent quatre-vingts degrés l'animal entré en résistance. Étonnamment, le bouc se plia à la pression et se mit immédiatement dans le droit chemin. Une fierté non feinte gagna le sergent, sa virilité déjà reconnue par ses pairs étant actée ce matin par le monde animal. Seulement, il n'assura pas ses arrières et en revenant à son poste, il ne vit pas l'animal rancunier le charger. Un vrai coup de bélier qui le projeta dans le décor et qui déclencha le fou rire de la troupe.

Le capitaine rappela immédiatement les légionnaires au sérieux et à la vigilance. La section venait d'arriver sur la petite place du hameau et avait retrouvé sa configuration. Les quelques habitants présents, étonnés par cette arrivée très matinale, se rapprochèrent spontanément des militaires.

Chaque maison fut ouverte et les habitants furent appelés sur la petite place centrale. Une fois rassemblés, le capitaine prit la parole, aussitôt traduit par Pierre qui se tenait à ses côtés. Les mots durs employés par le militaire imposaient une traduction adoucie. Mon père considérait qu'il fallait toujours laisser dans un premier temps, une chance à la diplomatie. Les deux photos des frères circulaient entre les mains des villageois. L'aîné offrait le visage figé d'un homme mort. Le cliché avait été pris sur les lieux des échanges de coups de feu, son corps allongé sur le sol ; un filet de sang avait coulé de sa bouche pour coaguler sur la terre battue. Quant au plus jeune, la photographie, prise au début de l'interrogatoire, ne laissait pas présager qu'il était mort. Les regards des villageois se portèrent sur une femme restée en retrait que le jeune berger avait rejointe.

– Ce sont tes fils, Fatima ! désigna un vieil homme déjà assis sur la place avant même l'arrivée des militaires.

Elle n'avait toujours pas vu les photos et fit un pas en avant pour qu'on les lui présente. Le jeune berger, son plus jeune enfant, lui avait saisi l'avant-bras pour la soutenir.

Elle avait déjà perdu son mari dans un accident de la circulation. Fauché par un camion qui roulait à vive allure, il n'avait pas survécu à ses multiples fractures après une semaine de coma. Ce drame familial l'avait contrainte à quitter Alger pour revenir dans son village natal. Ainsi avait-elle laissé son logement dans la casbah à ses deux grands fils. Son aîné, la veille de l'accident, avait trouvé un bon emploi sur le port chez un négociant en primeurs et son second s'apprêtait à entrer en première année d'université. Quant à elle, sans le salaire de son mari, elle s'était résolue à quitter cette ville qu'elle aimait tant pour revenir au village de ses parents afin d'y vivre avec sa très vieille mère et son dernier enfant.

Son voisin lui tendit les portraits en noir et blanc de ses fils.

– Qu'est-il arrivé à Mohamed ? Il est mort ! hurla-t-elle. C'est vous qui l'avez tué ! Oui c'est vous, j'en suis sûre !
– Votre fils était un terroriste. Il a exécuté avec un groupe de combattants une famille entière à Marengo, livra sèchement l'officier.
– Vous mentez. Ce n'est pas possible. Mohamed ne voulait que le bien autour de lui.
– Pourtant... Demandez à mon traducteur, lui qui était l'ami de ces pauvres gens. Il a enquêté sur ce massacre gratuit et a apporté toutes les preuves de la culpabilité de vos fils !
– Arrêtez !... Et mon fils Karim ? Où est-il ? Pourquoi vous me montrez une photo de lui ?
– Il est mort lui aussi !

La mère se jeta au sol dans une crise d'hystérie, hurlant sa douleur et sa haine. A genoux, son jeune fils tentait de la calmer en lui caressant la tête et fixait régulièrement le capitaine de ses yeux incandescents. L'expression de la souffrance de la mère se livrait au public silencieux, disposé en cercle, telle une scène d'un acte de tragédie antique. Après de longues minutes d'attente, sur ordre du capitaine, deux légionnaires quittèrent leur position de spectateurs, pour soulever la mère qui se débattait telle une lionne en furie et l'accompagner dans sa maison. Le jeune berger fut invité sans ménagement à suivre sa mère. La porte fermée sur les cris, les deux militaires se postèrent en faction pour éviter toute fuite.

Pierre portait en lui des sentiments mêlés, faits de désir de vengeance, de pitié pour cette femme déchirée par la douleur et d'écœurement pour cette guerre de l'intérieur. Il y a quelques années, il serait venu dans ce lieu paisible et aurait eu grand plaisir à bavarder avec les anciens en partageant un thé à la menthe. Là, s'offrait à lui un théâtre de désolation et de rancœur.

Les villageois, un à un, furent interrogés par le capitaine qui ne disposait ni de l'expérience, ni du tact pour faciliter l'expression des habitants. Il se tendait de plus en plus devant l'absence d'informations exploitables. Tous connaissaient les deux frères, mais ne les avaient pas vus depuis plusieurs années. Ils savaient qu'ils étaient restés à Alger suite à la mort de leur père, mais ne connaissaient pas l'activité du plus âgé des deux. En revanche, les études du plus jeune faisaient la fierté des villageois qui le voyaient devenir avocat. Quant à leur implication dans la lutte armée, elle était totalement ignorée selon leurs déclarations. Les réponses apportées semblaient crédibles aux deux investigateurs qui convinrent qu'ils ne tireraient aucune information sur le groupe recherché. Il ne restait dès lors qu'à interroger la mère et son dernier fils.

A son retour sur la place du village, la mère fut assise sur le banc de l'interrogatoire, les yeux vides, telle une pietà sans la dépouille de ses fils à ses pieds ; elle demeurait silencieuse aux questions du capitaine. Cette femme ve-

nait de découvrir que deux de ses enfants avaient trouvé la mort ; elle avait perdu la flamme de la vie. Les traits de son visage pourtant marqués par la douleur répondaient aux canons d'une beauté intemporelle qui provoqua un trouble chez l'officier. Peut-être, les souvenirs des cours de dessin suivis dans sa jeunesse, l'avaient conditionné à la beauté d'Aphrodite.
Dans la petite maison en lisière du village, le jeune pâtre attendait son tour aux côtés de sa grand-mère. Ses deux grands frères morts, il portait désormais la responsabilité et l'honneur de sa famille. Que faire ? Il ne pouvait certainement pas échanger avec mamie Fouzia qui ne parlait plus depuis bien longtemps et passait ses journées, figée sur son assise. Seules ses mains se manifestaient par des caresses automatiques sur le chat qui, à sa guise, venait sur ses jambes frêles. En quelques pas, il traversa la pièce dans un sens puis dans l'autre. A chaque passage devant le pilier central, il délivrait mécaniquement un coup de pied. Puis, il tournait autour, tel un derviche tourneur, l'amenant dans un état second. Il ne pouvait se résoudre à la soumission, à un interrogatoire conduit par ceux qui avaient selon lui tué Mohamed et Karim. Il saisit le grand couteau de cuisine dans le plat à tajine et poursuivit son déplacement hypnotique livrant une chorégraphie mortelle devant Mamie Fouzia qui le suivait du regard sans comprendre la folie qui envahissait son petit-fils.

Havel avait rejoint ses deux sentinelles et poussa sèchement la porte dont les planches ne se jointaient plus. Les interstices laissaient entrer des liserés de lumière dans l'habitat qui au fil de la journée s'imprimaient sur le sol en terre battue, tels des témoins d'un cadran solaire primitif. Il entra en baissant la tête, pour se conformer au petit format de l'ouverture, dans l'unique pièce du lieu de vie de la famille en croisant le chat qui demandait depuis de longues minutes à sortir, certainement effrayé par le comportement du jeune berger.

Son pistolet mitrailleur Mat 49 pointé dans l'obscurité de ce réduit, il lui fallut plusieurs secondes pour ajuster sa vision, laissant le temps au jeune berger de dissimuler sa longue lame dans ses vêtements. Il découvrit la grand-mère, élément du décor, que ses hommes n'avaient pas conviée à l'interrogatoire et le jeune homme qui avait pris place contre le mur face à la porte.

A la demande du sergent, sans résistance, il s'avança vers la sortie. Il franchit le seuil de la porte en passant entre les deux militaires, restés immobiles et se rapprocha de Havel qui avait anticipé son déplacement en reculant de plusieurs mètres. D'une main ferme, Havel saisit l'avant-bras du berger et après un demi-tour le dirigea en direction de la place. Les deux sentinelles emboitèrent le pas en ne rattrapant pas l'écart des quelques mètres les séparant. C'est au détour d'une maison, profitant de se retrouver seul avec son convoyeur, qu'il saisit son couteau de sa main gauche. Son bras droit immobilisé par la tenue du Bison ne lui permettait pas de bénéficier de sa main droite avec laquelle il avait une grande dextérité. Pourtant, il lui fallait agir, s'extraire de ce scénario, poursuivre le combat engagé par ses frères. D'un mouvement circulaire du bras, il planta la lame acérée dans la cuisse de son geôlier qui hurla de douleur et lâcha mécaniquement son prisonnier en tombant à terre. Tel un cabri, le nouveau fugitif sauta la barrière du petit jardin potager jouxtant le village et s'engagea dans un territoire qu'il connaissait sur le bout des doigts.

– Ce fumier m'a planté, vociféra le Bison en se comprimant le haut de la cuisse.

Le capitaine, alerté par les hurlements, se précipita sur les lieux et découvrit son sous-officier gesticulant au sol dans une mare de sang.

– Reste calme, on va s'occuper de toi. Tu as de la chance, tu n'es pas touché à l'artère fémorale, sa lame n'est pas rentrée dans ton aine.
– Mon capitaine, pourquoi tu me parles de ma haine. Je n'avais pas de haine contre lui.
– Non Havel, je veux parler de ta veine dans le haut de ta jambe.
– Putain, il faut le retrouver ce bâtard ! enchaîna le sergent, rageant d'être blessé et vexé de n'avoir pas anticipé ce risque.
– Havel, nos gars le poursuivent. Maintenant, il faut te comprimer la jambe. Laisse-toi faire.

Valter, dans la section, possédait quelques connaissances pour prodiguer les premiers soins. Appelé par son officier, il arriva au chevet de son cher sergent qui avait été calé à l'ombre, adossé au muret du poulailler.

– Sergent, tu saignes comme un petit cochon !
– Ta gueule, le hongrois ! Mets-moi ton pansement, mais fais attention, si tu me fais mal, tu prends mon poing dans la gueule !

Les relations internationales de l'Europe centrale connaissaient avec les deux protagonistes un coup de chaud en ce début de matinée.

Les hommes, partis à la recherche du berger, revinrent après plusieurs heures sans avoir pu l'attraper, ni suivre une quelconque piste. Le capitaine ne put que constater l'échec de cette mission et son impossibilité de maintenir un dispositif de surveillance pendant plusieurs jours dans le village. Il ne restait plus que l'option du retour à la caserne pour soigner le Bison blessé.

12

Ce mercredi 7 mars 1962, premier jour des négociations entre les représentants français et les délégués du Gouvernement provisoire de la République algérienne, mon père ne travaillait pas. Il avait enchaîné de nombreuses journées et nuits d'enquêtes et de filatures. Ses heures de sommeil connaissaient un grand déficit, il fallait qu'il récupère.

Les odeurs de fumée et de pains de campagne échappées du four à bois du boulanger venaient lécher plus ou moins la façade de notre maison selon le sens du vent. Ce matin-là, comme tous les autres lorsqu'il se trouvait à la maison, Pierre remonta le filet odorant pour aller acheter le pain quotidien de la maison. Il ne pouvait résister à détacher un morceau de croûte craquante sur le chemin de retour pour tester le pain, disait-il. Jean avait qualifié un jour la boule de pain de « tête de Van Gogh à l'oreille coupée ». Pierre allait donc chercher Vincent. Le partager en famille, encore chaud, voilà un bonheur, qui au long de mon enfance, s'était mué en plaisir proustien.

Je me trouvais à Marengo depuis la veille car les cours de ma première année d'université avaient été suspendus, suite à un nouvel attentat particulièrement sanglant dans la rue Henri Dunant. J'avais emprunté cette rue deux heures avant l'explosion pour me rendre à mon cours d'Histoire. Rien ne laissait présager que le chaos allait survenir, que des vies d'innocents seraient fauchées par une violente explosion.

Malgré ma volonté de rester à Alger en attendant la reprise des cours, mes parents avaient insisté pour que je rentre. Ma motivation tenait à une rencontre faite sur les bancs de l'université d'une belle étudiante dont les yeux, couleur noisette, m'avaient conduit immédiatement sur la piste pentue du désir. Dans le couloir déserté par les étudiants, à proximité du grand amphithéâtre, nous avions échangé quelques baisers. Devant ma fougue et mon envie, elle sut vite me rappeler que ce lieu n'était pas forcément le plus approprié, que les bustes des personnages illustres qui nous regardaient, attendaient de nous davantage de retenue. J'avais essayé de plaider que notre action pourrait dépoussiérer leur ennui moulé dans du plâtre. Je n'obtins pas gain de cause mais un engagement à nous revoir en fin de semaine. Malheureusement, mon retour contraint à la maison annula ce rendez-vous galant. Elle qui habitait Alger me rassura en me promettant que ce n'était que partie remise, qu'il y aurait d'autres alignements de planètes. Je lui avais répondu que ni l'astronomie, ni l'astrologie, ni les lois sur la gravité ne garantissaient de rattraper le temps perdu. Par une finesse de l'esprit, elle m'avait appelé Newton. Elle énonça le principe qui fit la notoriété du savant en l'illustrant de manière imagée, certainement parce qu'elle, la scientifique, devait vulgariser les équations à un non-scientifique. “Que le navire soit à quai ou qu'il avance en ligne droite à une vitesse constante, une pomme lâchée par un marin au sommet du mât retombe exactement à son pied“. Ne comprenant pas sa démonstration, elle ajouta pour clarifier ses propos : “Ce n'est pas parce que tu te déplaces à Marengo, que tu éviteras que je sois devant toi à ton retour pour que je t'embrasse”. J'aimais cette démonstration qui concluait à du plaisir garanti. Durant mon voyage, je n'eus de cesse de penser à elle, de revivre le toucher de sa peau, le contact de ses lèvres et de ses jambes déjà si familières lorsqu'elles se nouaient aux miennes.

A la maison, je retrouvai toute la famille. Jean et Jeanne, qui depuis leur mariage vivaient dans une belle maison appartenant à la famille de Jeanne, nous avaient rejoints pour le dîner. Eugénie, heureuse de nous accueillir, avait préparé un fabuleux couscous. Je n'avais pas pu résister au plaisir, dès mon arrivée, de soulever les couvercles et d'humer les odeurs des deux grosses casseroles où, sous une très légère flamme, mijotaient les légumes et la viande. Le couscoussier attendait patiemment la graine que ma mère avait roulée en début d'après-midi. Nous passâmes une très belle soirée, tous réunis autour de cette table du partage. Peu de temps après la dernière bouchée du gâteau à la fleur d'oranger, notre père nous invita à aller nous coucher car "Demain, on travaille !"

Pierre était attendu le lendemain, en milieu de matinée à Montebello, petit village au sud de Tipaza. Un rendez-vous lié à une nouvelle enquête portant sur l'OAS. Plusieurs informations convergentes laissaient penser aux services de renseignement qu'un groupe s'était constitué en ce lieu. François, absent depuis son drame familial, avait néanmoins été aperçu sur zone par plusieurs témoins. Mon père m'avait questionné pour savoir si j'avais eu de ses nouvelles, sans me préciser le contexte de son enquête. Ma réponse négative l'avait conforté dans son hypothèse de voir François engagé dans les actions de l'armée secrète. Je pensais régulièrement à lui et je ne pouvais pas me résoudre à ne plus le voir, à ne plus entendre ses bons mots, à ne plus partager tous ces moments de vie.

Ce matin, Pierre avait pris son arme de service, rangée chaque soir dans le tiroir de sa table de chevet, pour la loger de façon mécanique dans son étui en cuir brun, patiné par des années d'usage. Il décrocha mécaniquement sa veste pendue à la patère murale qui lui était réservée derrière la porte d'entrée et s'engagea dans la rue pour se diriger vers notre boulanger préféré. Depuis la fenêtre de la cuisine, je le voyais s'avancer lentement vers l'angle de la rue. Tout en préparant la grande cafetière de café, mon regard était comme aimanté par sa trajectoire. Mes sens devaient probablement m'alerter de la suite des événements. Un homme enturbanné d'un grand tissu attendait assis sur le muret d'en face ; depuis combien de temps, je l'ignorais. Il se leva et fit quelques pas en direction de Pierre et, d'un geste lent et appliqué, sortit un pistolet de sa large poche. A une dizaine de mètres, il visa papa dans le dos. Deux détonations claquèrent dans la rue, Pierre dont les jambes se dérobèrent, s'écroula sans résistance. Il n'avait rien vu, lui qui guettait tout. Pourtant cet homme, en ce début de matinée, dans notre rue déserte, n'avait pas de raison d'être là.

Au sol, il comprit immédiatement que son bourreau allait venir l'achever, sa mort étant le seul objectif de la funeste mission. Mon père bascula lentement sur son côté gauche et put saisir son arme malgré sa blessure au thorax pendant que son agresseur s'approchait. J'assistai comme électrocuté à cette exécution méthodique, mes mains crispées sur la pile en pierre qui faisait office d'évier dans la cuisine. Mon père trouva l'énergie surhumaine de pivoter d'un seul coup en direction du tueur et fit feu. Dès son premier tir, il le toucha à la jambe puis tira de façon aléatoire sur sa cible qui se replia avec difficulté vers la vespasienne à l'angle de la rue.
Depuis ce lieu d'aisance, il riposta à plusieurs reprises. Une balle de Pierre vint claquer contre cette armure de fortune, livrant un bruit métallique.

A ce moment-là, réalisant enfin le drame qui se déroulait devant moi, je me précipitai dans ma chambre pour saisir l'arc de Philippe, seule arme à ma disposition pour intervenir ; une arme primitive et désuète face aux armes à feu, mais comment ne pas essayer de changer le cours des événements. Mon cœur battait à tout rompre. Je sentis dans mes tempes les salves de sang projetées à grand débit par une pompe en surrégime. J'encochai une flèche dont la pointe de chasse formait un triangle coupant comme un rasoir. J'ouvris la porte et m'engageai dans la rue. Mon père, immobile au sol, ne réagissait plus. Son agresseur, après avoir noué un bandeau sur sa cuisse, se dégagea lentement de l'urinoir pour entamer sa fuite. Focalisé par sa cible, il ne m'avait pas aperçu m'avancer sur son flanc droit. Son corps totalement dénudé de sa côte de maille de fortune, je pus le flécher telle une bête immonde. Une bête prédatrice de mon père, d'une famille, d'un monde révolu. D'un geste mécanique, je bandai le puissant arc. Mes deux doigts portèrent la corde à hauteur de ma bouche. La visée m'amena à choisir la zone vitale du cœur comme seule hypothèse de tir. La flèche, délivrée de son encoche sur la corde, observa une trajectoire rectiligne jusqu'à ma cible au moment même où son regard se portait pour la première fois sur moi. Son bras armé de son revolver esquissa un très léger mouvement en ma direction lorsque, sans grande résistance, ma flèche lui traversa le corps et se planta dans l'if séculaire du village. L'homme fit quelques pas en titubant, vidant d'une balle son chargeur et s'écroula dans ce qui fut très vite une mare de son sang chaud. L'arc s'échappa de ma main et tomba au sol balisant l'espace de la scène du drame.

Mon père n'avait pas perdu connaissance. Je lui tenais sa lourde tête et essayais de lui compresser maladroitement le point d'impact de la balle. Ses quelques mots prononcés concernaient notre famille. Je dus lui demander de ne plus parler pour qu'il conserve toute sa force afin de lutter pour sa survie. Très vite, les infirmiers de la clinique appelés par des voisins, le prirent en charge pour le transporter d'urgence en salle d'opération. Ma mère n'avait pas entendu les détonations ; elle revenait de l'école où elle avait accompagné Marie. Elle pensait sur le chemin du retour au petit déjeuner que nous allions prendre ensemble. Lorsqu'elle découvrit l'attroupement à proximité de la maison, elle comprit immédiatement qu'un drame était survenu, que Pierre était la victime. Fathia, son amie, sa confidente, vint à sa rencontre, l'enlaça et lui annonça le transfert de son mari à la clinique.

Assommé par cette situation, je me levai lentement, pris de vertiges. Je m'apprêtai à rejoindre ma mère lorsque les gendarmes arrivés sur les lieux m'invitèrent à les suivre en retrait de la foule qui s'amassait dans notre rue. Mon regard se porta sur le corps sans vie de ma victime. Je constatai mon détachement par rapport à mon acte et à ses conséquences. Une froideur glaciale face à cet homme, responsable de la mort possible de mon père. Je le détestai jusqu'aux portes de l'enfer que je lui souhaitais grandes ouvertes. Les militaires me connaissaient, savaient que j'étais le fils de Pierre. Dès la première question du gradé, je lui livrai ma responsabilité dans cette mort assumée.

Ladi, notre sage, avait assisté à tout le déroulement des événements depuis un banc. Il s'approcha de nous et livra aux gendarmes un simple “ Messieurs, j'ai tout vu”. Il dut répéter avec insistance ses propos pour attirer enfin l'attention du gradé affairé à retirer la flèche ensanglantée du large tronc. Tel un harpon sur le dos d'un cétacé, la lame avait incisé sur plus d'un centimètre l'écorce et refusait de lâcher sa prise. A force de manipulations, le fut cassa, laissant la pointe meurtrière, figée dans le bois.

Ladi et moi suivîmes les gendarmes dans les locaux de la brigade. Nous marchions côte à côte lorsqu'il me saisit la main pour me montrer son soutien et m'assurer que mon père devait être fier de moi.

Dans l'attente des interrogatoires, je bouillais de ne pas être aux côtés de mon père. Ladi me calma par ses propos et m'assura que j'allais très vite pouvoir rejoindre ma famille. Nous devions patienter sous la surveillance d'un militaire en faction dans cette petite pièce à l'unique fenêtre qui ouvrait sur une vue obstruée par un mur blanc uniforme. Des tremblements me parcouraient le corps de haut en bas, telles des vagues méthodiques s'échouant les jours de tempête sur les pilotis de notre cabanon de Tipaza. Enfin, je fus appelé pour témoigner de ma culpabilité.

Je relatai avec précision le déroulement des événements, tandis qu'un scribe tapait d'un seul doigt mes réponses aux questions du lieutenant. Je ne percevais chez l'officier aucune empathie, mais plutôt la froideur d'un métal que l'on saisit en plein hiver les mains nues.

Les dépositions prises, je regagnai l'antichambre du bureau de l'officier, laissant la place à Ladi. Ce dernier, après avoir décliné son identité, livra le déroulé de la scène qu'il avait vécue depuis son poste d'observation. Il dut longuement s'expliquer sur la raison de sa présence sur les lieux. Lui, cet homme si discret perdait patience devant l'aberration de cet interrogatoire. Pourquoi serait-il venu spontanément témoigner de sa présence et de sa volonté de livrer les faits s'il était impliqué dans cet attentat ? Les traits du visage particulièrement tendus, il vint reprendre place à mes côtés.

Un jeune sergent traversa notre pièce d'attente sans nous regarder et tapa à la porte de l'officier. Il tenait à la main une lettre pliée en quatre dont un des angles était recouvert de sang.

– Mon lieutenant, nous avons trouvé ce document sur le terroriste.
– Donnez-moi cela !
– Voulez-vous que je vous apporte l'arme ?
– Ce n'est pas nécessaire, vous pouvez disposer sergent !

L'attente fut encore longue avant d'être rappelé par l'enquêteur principal. Je pris place sur cette chaise d'écolier sans voir que d'autres personnes l'avaient rejoint. Elles étaient certainement entrées par l'autre porte.

– Ici, nous connaissons tous ton père. Moi, beaucoup moins que la plupart de mes hommes car j'ai pris mon commandement en début d'année. Il est apprécié de tous et nous savons l'excellent travail qu'il réalise.

Je hochais la tête. Que dire, que répondre ?

– Je souhaite par cet interrogatoire connaître les conditions exactes de cet attentat. L'homme que tu as tué est mort dans le cadre d'échanges de tirs et une lettre que nous avons trouvée dans la poche intérieure de sa veste lui ordonnait d'abattre ton père. Tiens tu peux la lire !

"FLN ALN République Algérienne
A Djamel
Reçois cher frère nos amitiés les plus sincères, à la suite voici je vous envoie une somme de 3000 Fr et ce pistolet. Il y a des balles dedans. Il n'est pas en sécurité.
Dites-lui qu'il faut tuer Dessigne Pierre - Policier.
Nous vous souhaitons un très bon succès
Bien fraternellement "

Je saisis cette lettre et la lue, les yeux chargés de larmes.
– Tu es libre. Tu peux aller rejoindre ta famille.
– Et Ladi ? répondis-je
– Lui aussi.

Je retrouvai ma mère et Jean dans le hall d'entrée de la clinique. Ils n'avaient pas de nouvelles de notre père depuis qu'il était entré dans la salle d'opération. Il fallait lui extraire la balle logée dans sa cage thoracique. En milieu d'après-midi, nous pûmes lui rendre visite dans sa chambre. Extrêmement fatigué, il ne pouvait parler et ouvrir les yeux. Nous le quittâmes le soir, remplis de chagrin.

Ma mère passait toutes ses journées à son chevet. Elle arrivait à la clinique après avoir accompagné Marie à l'école et ne quittait son mari que pour aller la chercher à la fin des études. Elle priait beaucoup et ses mains caressaient régulièrement le visage de son être aimé. Les jours de veille se succédaient et aucune amélioration n'était observée par les médecins. Avec précaution, ils nous exprimaient leur crainte d'une issue fatale que nous ne pouvions pas imaginer. Pourtant, mon père s'éteignit après une résistance acharnée.

Les accords d'Evian avaient été signés depuis son attentat, la vie de notre famille fut définitivement bouleversée.

" Je soussigné Docteur L. Paul certifie que Monsieur Pierre Dessigne, blessé par balles (Thoraco pulmonaire droit) est décédé 19 jours après l'attentat, le dimanche 25 mars 1962, de déficience myocardique."

Marengo, le 28 mars 1962 "

13

Le lendemain de la mort de mon père, le massacre de pieds-noirs favorables à une Algérie Française par des militaires Français dans la rue d'Isly à Alger consacra notre certitude qu'un départ pour la métropole devenait inexorable. Nous devions partir de Marengo, de cette Algérie que nous aimions tant. L'indépendance du pays paraissait inéluctable, notre sécurité n'était plus garantie. Mais où aller en métropole ? Pour y faire quoi ?

Avec Jean, nous cherchions des solutions de replis. Notre mère ne participait pas à nos réflexions : elle vivait son deuil prostrée sur sa petite chaise dans la cuisine. Seul notre chat l'amenait à se déplacer lorsqu'il réclamait avec force de miaulements une sortie dans la rue.

Dans la semaine qui suivit les obsèques, un soir alors que la nuit couvrait Marengo, j'étais dans la cuisine les yeux rivés sur une carte de France quand, quelqu'un tapa délicatement à la fenêtre. Devant la porte fermée, mon visiteur du soir répondit à ma demande d'identité : "C'est François !" Je lui ouvris, et sans prononcer un seul mot nous nous prîmes dans les bras, nous serrant fortement, nos fronts l'un contre l'autre.

– J'ai appris pour ton père. Je voulais absolument venir t'embrasser. Je connais la douleur que tu portes en toi.
– Merci François, merci mon ami. Et toi, comment vas-tu, pourquoi ton absence depuis si longtemps ? Je ne pouvais m'empêcher de lui dire par ses mots, mon incompréhension face à l'absence de nouvelles depuis son drame familial.
– Tu sais, j'ai compris depuis longtemps que nous étions en guerre, que l'Etat français nous abandonnerait à un moment donné.
– On ne peut pas lutter contre cette indépendance qui

arrive à grands pas ! Je prononçais ces mots de défaite, empli d'une amère rancœur.
– Enfin Paul, tu ne peux pas te résigner, tu dois te battre ! Toi qui me disais qu'il ne faut rien lâcher pour des valeurs. Que sont devenus tes principes ? Tu te couches comme les autres ?
– François, j'ai une famille. Je dois m'occuper d'elle. C'est, je crois, ce que mon père attendrait de moi.

Le visage blanc, sous une barbe épaisse, mon ami prit congé de moi, me souhaitant bonne chance dans ma nouvelle vie et conclut ses propos par un éternel "Adieu".

Le sommeil fut impossible à trouver cette nuit-là. Mon esprit connut un conflit interne majeur. Faisais-je le bon choix de partir, de ne pas m'engager aux côtés de François dans la défense d'une Algérie Française ? Mais au fond de moi, je savais que la partie était perdue, que la messe était dite. Au petit matin, mes choix de départ s'affirmèrent comme la seule option possible. Partir pour survivre. Mais où ?

Très vite la situation générale se dégrada ; les déplacements en dehors des villes et villages furent fortement déconseillés. Alors que je voulais me rendre au cabanon pour récupérer quelques souvenirs, je ne pus m'y rendre. Jean laissa sa fabuleuse collection de monnaie romaine, notre mère sa vie derrière les fourneaux chargés de poissons, Marie ses souvenirs d'enfance à la mer et moi bien plus qu'une cabane du pêcheur, un Eden maritime.

Alors que nous poursuivions avec Jean nos recherches sur un éventuel point de chute, je fus appelé en cette fin d'après-midi à me rendre sur le champ à la brigade. Le gendarme m'indiqua qu'un militaire souhaitait me rencontrer.

– Bonjour, je m'appelle Henri de Palerne, je suis officier dans la Légion étrangère et je connaissais Pierre, ton père.
– Bonjour mon capitaine, répondis-je à l'homme aux trois barrettes.
– Je me permets de te tutoyer. J'imagine les difficultés de ta famille. Vous allez devoir quitter l'Algérie. Je peux, si vous le souhaitez, vous aider.
– C'est gentil, merci ! Ma surprise fut grande d'entendre cette proposition d'aide.
– Oui, vois-tu, nous avons travaillé ensemble avec ton père. Un homme remarquable, un homme bon et un sacré enquêteur !
– Mais pourquoi voulez-vous nous aider ? La solidarité proposée par cet officier m'interpellait.
– Pierre est certainement la victime d'un groupe que nous avons poursuivi ensemble. Je l'avais sollicité pour qu'il m'aide dans cette recherche et il a perdu la vie. Je me sens engagé maintenant dans la destinée de sa famille, si elle le souhaite.
– Nous aider, comment ? demandais-je simplement.
– Si vous cherchez une région d'accueil en métropole, je peux vous proposer de vous installer près de chez moi. Ma famille pourrait vous accompagner dans votre nouvelle vie.
– Merci, je vais en parler avec ma mère et mon frère, dis-je encore étonné par cette proposition.
– Ecoute, je repasse fin de semaine et tu me donneras votre réponse. Je serais content de te voir en Provence, à la campagne, après la fin de ce merdier.

A l'hypothèse d'une installation à Bordeaux que nous avions imaginé avec Jean venait donc s'ajouter cette proposition inattendue. Nous devions nous décider très rapidement ; le temps était compté. Jean et Jeanne avaient une nette préférence pour la grande ville de l'Ouest. Nous pourrions ainsi retrouver des membres de la famille de notre mère. Jean pourrait facilement être pris en charge pour ses soins et aurait plus de facilité pour trouver un emploi adapté dans une banque. Enfin, la suite de la scolarité de Marie serait assurée sans difficulté. Ces arguments furent déterminants pour notre choix. Nous choisîmes donc la capitale girondine malgré ma préférence pour l'autre destination. Je ne pouvais imposer mon choix n'ayant aucun argument objectif à présenter comme préférable pour la famille.

Je déclinai la généreuse proposition de cet officier qui avait certainement bien des choses à me livrer sur Pierre, mon père. L'envie de le suivre révélait certainement chez moi ce rêve de continuer ma vie au contact d'une personne qui l'avait connu dans sa vie de combattant. Sur un bout de papier, le capitaine écrivit l'adresse de sa maison et m'invita à lui rendre visite en me précisant que sa famille serait informée du lien indéfectible qui existait entre nous. Qu'il soit présent ou non, je savais que je serais accueilli en ami. Ce témoignage me touchait profondément. Je mesurais encore une fois combien mon père avait marqué ceux qui l'avaient côtoyé.

Les quelques bagages prêts pour le départ, nous attendions, assis dans la cuisine, l'heure d'arrivée du bus. Le silence pesant fut interrompu par le passage du facteur. Moment hors du temps, cet homme continuait sa mission de service public alors que l'hémorragie migratoire avait débuté. Le lendemain, il aurait trouvé une maison vide et aurait pu noter sur l'enveloppe “N'habite plus à l'adresse indiquée”. Il nous tendit une lettre qu'il avait prélevée de sa grande besace et nous dévisagea sans dire un mot. Il semblait nous photographier avec ses yeux ronds comme des billes pour des derniers clichés afin d'immortaliser, avant l'exode éminent, nos tenues, nos cheveux bien peignés, nos petites valises aux pieds de chacun, notre maison bien rangée.

Je saisis le courrier qui m'était adressé et le remerciai. Je l'ouvris délicatement et retirai une lettre écrite sur un papier épais. Au toucher, le grain de la feuille d'une grande finesse réveilla mes sens totalement atrophiés depuis l'attentat contre mon père. Je découvris avec émotion les mots de réconfort de mon étudiante. Mathilde avait appris notre drame et ne m'avait jamais vu revenir à la faculté. Avec finesse, elle concédait que la science pouvait se tromper, que Newton pouvait la revoir s'il le souhaitait et le pouvait à Paris, ville dans laquelle sa famille allait s'établir dans les semaines à venir. Je n'avais pas pris le soin de la contacter ; pourtant mon attrait pour elle était grand. Je m'interdisais peut-être un quelconque bonheur dans cette période de deuil. Ses mots couchés sur papier vélin me réchauffèrent le cœur ; je lui écrirais depuis Bordeaux pour lui donner de mes nouvelles et quand je le pourrais, j'irais la serrer dans mes bras.

Le sillage du paquebot, fait d'écume, traçait un fil immatériel entre notre passé et l'inconnu de notre future vie en métropole jusqu'à Marseille. Nous arrivâmes à Bordeaux, accueillis par un cousin éloigné de notre mère qui nous trouva un appartement humide aux murs couverts de salpêtre dans lequel nous vécûmes de très nombreux mois dans une grande promiscuité. J'étouffais, je n'acceptais pas ce deuil d'un territoire perdu et l'absence de mon père. J'errais dans les rues bordelaises sans savoir où j'allais et ce que je faisais. Je prenais des petits boulots sans perspective de les poursuivre au-delà d'une semaine. M'inscrire à la faculté me demandait un engagement que je ne pouvais pas tenir. Je fréquentais les bars et je lisais les coudes collés aux tables mal nettoyées. La Librairie Mollat me fournissait les ouvrages que je dévorais. Au fil du temps, ma figure était repérée dans les troquets. Quelques sympathies naquirent, sans jamais basculer dans une certaine amitié. "Le Pied-Noir", voilà comment beaucoup de clients des bars me nommaient. Cela ne me gênait pas, même si j'aurais préféré que l'on m'appela simplement Paul. Certains, l'alcool aidant, me provoquaient gentiment. Mais à plusieurs reprises, je fus l'objet de charges blessantes. Après une journée épuisante à décharger sur le port des lièvres congelés des soutes d'un bateau portant pavillon brésilien, je gagnais le bar du commerce pour boire quelques verres avant de rejoindre mon matelas posé à même le sol, dans le couloir entre la chambre de ma mère et Marie et celle de Jean et Jeanne.

– Le pied-noir, tu nous paies ta tournée ? m'invectiva un gars accoudé au comptoir.

Je ne répondis pas à cette injonction d'une personne que je ne connaissais pas.

– Je savais que les pieds-noirs n'avaient pas d'éducation ! Mais ici tu es en France ! Tu réponds quand on te parle !

Comprenant que les choses allaient mal se passer, je posai sur la table la somme que je devais et je gagnai la porte pour quitter les lieux. Un comparse se dirigea vers la sortie pour bloquer mon départ.

– En plus, tu es un lâche ! je vais m'occuper de toi !

Il s'approcha de moi, les yeux injectés de sang, la haine transpirant de tous ses pores. Je ne comprenais pas cela. Mes bras le long du corps, je n'anticipai aucun coup. Il m'asséna une forte gifle qui me fit vaciller sous les rires de la meute alcoolisée. Je me tournai pour partir sans aucune riposte, sans vie.

– Tu vois, tu n'as pas de couilles, comme ton père certainement, comme tous ces cancrelats qu'on a récupérés !

Pourquoi avait-t-il parlé de mon père ? Pourquoi le faire

venir dans ce lieu miteux ? Pourquoi me faire rejouer la scène d'un dénouement tragique ?

Je me retournai et je lui dis seulement "je reste". Je partis à l'assaut de son corps dans une série de coups en ligne qui touchèrent son front, ses pommettes, ses yeux, et terminai par un uppercut qui lui éclata le nez. Son corps s'effondra contre le beau comptoir en formica. Son bras, dans sa chute, entraîna les verres de la tournée en cours dans son destin. Dès lors, je fus la proie de ses amis qui me ceinturèrent et me frappèrent à de nombreuses reprises. Au sol, je reçus des coups de pieds sur toutes les parties du corps. Je perdis connaissance et me retrouvai en milieu de nuit, frigorifié dans un square voisin. Le corps meurtri, je mis une quinzaine de jours à me remettre de ce passage à tabac. Je ne pus cacher à la maison ma mésaventure car les stigmates sur mon visage parlaient d'eux même. Jean s'inquiétait de ma dérive. Il tentait de me convaincre de reprendre le chemin des études, d'éviter de fréquenter des lieux dangereux pour moi et de limiter ma consommation d'alcool. Au fond de moi, je savais qu'il avait raison. Mais, mes souffrances ne s'apaisaient pas avec les mois qui passaient. Pourtant, je me réjouissais de voir ma famille trouver ses marques dans cette nouvelle vie. Eugénie reprenait la parole et s'occupait activement de Marie. Chaque jour, elle l'accompagnait et allait la chercher dans sa nouvelle école. Elle faisait quelques heures de ménage dans les riches appartements du quartier. Jean connaissait depuis notre arrivée une longue période sans crise inflammatoire majeure. Il avait été engagé dans une petite agence bancaire, sans avoir signalé sa pathologie. Il faisait le trajet en tramway en compagnie de Jeanne qui descendait une station avant lui pour rejoindre le cabinet comptable dans lequel elle travaillait comme secrétaire d'accueil.

Pour me rendre au port, j'évitais de passer dans la rue du bar du commerce. De ce fait, deux fois par jour, je pensais à cette soirée. J'avais identifié plusieurs visages de mes agresseurs mais je ne voulais pas rechercher une quelconque revanche. Je subissais les événements. Je préférais boire dans d'autres lieux pour tenter d'atténuer mon chagrin.

Sur les quais, les déchargements des marchandises me faisaient voyager d'un bateau à l'autre en plongeant dans leurs antres pour vider leurs cargaisons. Le contremaître, Monsieur Edmond - qui s'appelait Edouard en fait - me gardait souvent après le travail pour parler avec moi. L'Algérie lui paraissait si proche, même s'il n'y avait jamais mis les pieds autrement que par des passerelles de bateaux qui la reliait au moins une fois par semaine aux quais pour des transits maritimes de légumes, de fruits et même de vin. Je pensais qu'il n'était pas très pressé de rentrer chez lui. Il aurait pu échanger avec ma mère sur les recettes de cuisine, tant il se délectait à me présenter ses prochains repas. Je l'écoutais avec patience et respect. Lui au moins n'avait que faire de mon origine. Il ponctuait chaque phrase d'un petit rictus de sourire qui occasionnait automatiquement un mouvement de son oreille gauche, vers le haut, sur son crâne rond dépourvu du moindre cheveu.

Monsieur Edmond m'invita un soir à partager un chou farci dans son pavillon de Pessac. Je fus embarqué pour le trajet dans sa Peugeot 203, briquée certainement tous les dimanches. La main droite sur le volant et l'autre qui pointait les monuments, un chapeau melon vissé sur la tête, j'eus droit à la visite commentée de l'histoire de la ville. Pris dans son récit, il oubliait de rétrograder ou de passer à la vitesse supérieure ce qui générait des saccades que j'étais le seul à percevoir.

Il aimait sa ville et savait en faire une belle promotion ; le dynamisme de son maire, Jacques Chaban-Delmas qui montait les marches de l'hôtel de ville quatre à quatre, se propageait à tous ses concitoyens.

Nous arrivâmes dans un quartier résidentiel composé de maisons identiques. L'architecte avait dupliqué sans imagination un modèle qui n'offrait qu'une variante, soit la porte à gauche, soit à droite sous une casquette en béton qui revisitait sous prétexte de modernité ce que furent les élégantes marquises en verre du passé.

Ma mère avait préparé des pâtisseries arabes pour que je les offre à la maîtresse de maison. Elle souhaitait sans me le dire que je trouve enfin une stabilité. Il existait certainement pour elle une vraie opportunité d'embauche qu'elle avait peut-être perçue grâce à ses dons, qui à ma connaissance n'étaient plus sollicités depuis son arrivée. Elle ne se trompait point. Après les présentations à son épouse Raymonde, puis la visite du carré de jardin potager, nous prîmes place autour d'une table sous une véranda ajoutée quelques années après la construction de la maison. Dès ses premières phrases, Monsieur Edmond, en me présentant un ramequin garni des radis de sa production, m'annonça qu'il souhaitait me voir travailler à temps plein dans la SCAC Transport et m'assurait d'une rapide progression dans l'organigramme de l'entreprise. Ses arguments pertinents ne s'ancrèrent pas en moi ; je savais que ma vie était ailleurs. Sa discrète femme percevait mon tourment, que je ne resterais pas à Bordeaux, que j'avais besoin de vivre et non pas de demeurer dans un monde clos, fait d'une vie de labeur sur les quais des Chartrons. Même les canaris, nos voisins de table, criaient leur approbation pour une liberté sans cage et os de seiche à picorer.

A la fin du repas, j'exprimai à mes hôtes ma volonté de découvrir Paris et de retrouver Mathilde. Ce vœu romantique emporta la maîtresse de maison dans un soutien total à mon projet. Elle, qui avait été très économe de ses mots, s'adressa à son mari en lui demandant s'il pouvait m'aider. Elle tournait autour de son annulaire sa trop large bague surmontée d'une améthyste mauve translucide, au rythme des émotions créées par mon projet. Monsieur Edmond rendit les armes et proposa de demander à un transporteur de me faire une place dans un camion qui remontait sur la capitale. De plus, il me précisa qu'il me recommanderait à une entreprise travaillant aux Halles.

Enfin, je recouvrais une légèreté, une envie de poursuivre mon chemin. En nous séparant, Madame Raymonde m'encouragea dans la suite de mes projets et me demanda si possible des nouvelles parisiennes en me tendant la carte de visite familiale sur laquelle elle ajouta au côté d'Edouard, Henriette. Je ne pus cacher mon étonnement de voir apparaître un nouveau prénom. Monsieur Edmond me regarda et me dit avec délice : " Elle aussi possède une double personnalité !".

J'avais envie de serrer Raymonde-Henriette dans mes bras. Elle aussi, je pense. Nous dûmes nous contenter d'une poignée de main convenue.

Pendant de longues semaines, je travaillai durement pour me constituer des économies. J'avais enfin un projet qui m'attirait vers des perspectives positives. Je choisis d'informer ma famille de ma décision de partir à l'occasion d'une rare sortie dominicale sur une plage du bassin d'Arcachon. Nous avions pris le bus un dimanche matin sur la place des Quinconces pour découvrir cette destination tellement plébiscitée par les Bordelais. La tête collée contre la vitre, je revoyais défiler les images de nos départs pour Tipaza. Mon père, toujours à l'heure, pestait contre nous, incapables de respecter une heure de départ, nous livrant invariablement que « le temps perdu ne se rattrape pas ». Malgré son absence, nous étions arrivés cinq minutes avant l'heure de départ. Il devait veiller, là où il se trouvait, au respect des principes.

Nous connûmes dans ce bus qui longeait la Garonne, avant de s'engager dans ces longues lignes droites bordées de pins à l'infini, une vague d'émotions qui emplit notre cœur. Marie, blottie contre notre mère, rompit le silence en disant : " je pense à papa". Maman lui fit une réponse collective sans nous concerter : "Nous aussi".

Le bus nous déposa sur les rives du bassin à l'extrémité de cette longue bande de terre qui maintient cette frêle séparation entre océan et bassin. Les courants, le vent, la vue sur la dune du Pilat me libéraient pour aborder mes choix de vie. Nos sacs en bandoulière, nous nous déplaçâmes jusqu'au Mimbeau, merveilleux isthme de sable sur le bassin pour le très généreux casse-croûte préparé par notre mère.

– Maman, je vais partir à Paris, annonçai-je directement.
– Mais mon Dieu, que vas-tu bien vouloir faire là-bas ?
– Je veux découvrir cette ville et peut-être y travailler. Je me gardai bien d'évoquer l'existence de Mathilde.
– Mais mon fils ! Jésus, Marie, quelle mouche t'a piqué ! On essaie de reconstruire notre famille ici et tu pars !
– Maman, j'ai besoin de découvrir autre chose. Rassure-toi, je reviendrai vous voir et je participerai chaque mois aux dépenses de la famille.

Jean et Jeanne savaient que cette décision pouvait me sauver de mes errances. Ils dirent simplement à maman que ce choix était bon pour moi et qu'ils prendraient soin d'elle et de Marie. Notre petite sœur écoutait cette discussion sans intervenir. Elle laissait couler le sable fin de ses petites mains serrées et de façon coordonnée reprenait des nouvelles poignées qui s'évadaient inexorablement. Ma mère pleurait. Je lui pris la main comme mon père l'aurait fait avant de partir pour une mission. Marie arrêta alors son œuvre de sablier pour me dire : " Alors on viendra te voir à Paris, tu pourras me faire monter tout en haut de la tour Eiffel ?". Je lui répondis : " oui ma chérie !"

J'avais écrit une première lettre à Mathilde dès notre arrivée. Sa réponse fut immédiate à croire que les postiers s'étaient mobilisés pour battre le record de vitesse Paris - Bordeaux. Elle m'exprimait les conditions de sa nouvelle vie et le plaisir qu'elle aurait à me revoir. Les mois avaient passé sans que je ne lui écrive un deuxième courrier. Déjà neuf mois que nous étions arrivés, neuf mois de doutes et d'angoisses. Je pouvais enfin lui écrire que j'allais venir maintenant que ma décision était prise. Sur le papier à en-tête de la SCAC que j'avais pris dans le bureau de Monsieur Edmond, je couchai sur la page blanche les mots d'un plaisir simple de nos retrouvailles que je lui proposais deux mois plus tard, en février 1963.
Sa réponse me parvint dans des délais beaucoup plus longs que notre premier échange épistolaire. Le ton de sa lettre avait changé ; ses mots me paraissaient plus distants, moins chargés d'émotion. Elle me confirmait son adresse et me demandait de m'adresser à la gardienne de l'immeuble qui la préviendrait de mon arrivée.

14

Mes yeux suivaient la route allumée en jaune paille par deux gros phares ronds sans pouvoir dormir. Notre camion transportait une cargaison de salaison que nous avions chargée dans un vaste entrepôt au nord de Bordeaux. Les gars sur le quai de chargement nous avaient dit combien nous avions de la chance de monter voir les Parisiennes. En entrant dans la guérite pour signer les reçus, le plus excité par notre voyage nous montra le poster qui trônait au-dessus du minuscule bureau. Je doutai qu'il s'agisse d'une parisienne. Elle était allongée sur le ventre, lascive sur le pont d'un voilier, ouvrant une large perspective sur l'horizon marin. Je devais convenir que les seins de cette jeune femme présentaient l'un des principaux attraits de cette photo artistique.

Nous arrivâmes au petit matin dans Paris la magnifique qui s'éveillait sous un ciel sans nuage. Nous roulions sur les pavés lavés à grande eau par les agents de la ville, direction un entrepôt sur les quais de la Seine pour le déchargement de jambons de Bayonne et de saucissons du Pays basque. La livraison effectuée, Marcel me proposa de faire un tour aux Halles avant que le sommeil ne le gagne. Il aurait pu s'y rendre les yeux fermés tant il connaissait cette ville. Né à Paris de parents Lozériens qui avaient quitté le plateau de l'Aubrac pour tenter leur chance dans un bistrot parisien, il avait repris son accent en humant l'air de la capitale. Il respirait à poumons déployés, comme un savoyard retrouvant sa montagne, comme un corse remontant au village après un voyage en métropole. Il faisait régulièrement les navettes Bordeaux - Paris et Bordeaux - Marseille, une gitane maïs, très souvent éteinte, pincée par ses lèvres sèches et gercées.

– On n'est pas bien ici, petit, détendu du corps ?

– Si, bien. Je sens que ça te fait plaisir de revenir chez toi ! lui répondis-je, amusé par sa métamorphose depuis que nous avions gagné les faubourgs parisiens.
– Et toi, ça doit te manquer de ne pas voir de chameaux ou de dromadaires ? Il était hilare.

Son humour basique me faisait rire. Il ajouta :

– Tu sais fiston, c'est ma sœur Viviane qui a repris le bouclard. Elle y fait à manger maintenant. Tu iras de ma part ; elle aura toujours pour toi de l'aligot, une saucisse ou même un morceau de bidoche d'Aubrac. Ça s'appelle *Le relais de la Baume*. C'est dans le 5ème. Mais tu laisses tranquille les louloutes qui y travaillent, ce sont mes nièces.
– Promis Marcel, je ne les regarderai même pas, dis-je la main sur le cœur !
– C'est bien ! Au fait, l'homme du désert, un dromadaire, ça a une ou deux bosses ? Parce que moi, je sais reconnaître une vache de race Aubrac parmi mille ! Elle est belle avec ses yeux maquillés de noir sur son pelage couleur froment. Oui Monsieur, c'est un marron clair teinté de jaune-orangé !
– Alors Marcel, c'est simple, lui répondis-je, le mot chameau est composé de deux syllabes, donc deux bosses. Le dromadaire, c'est trois syllabes, donc ce n'est qu'une bosse puisqu'il n'y a pas d'animaux à trois bosses !
– Oh Putain ! Le pied-Noir, tu es trop fort. Mais ta théorie ne marche pas avec les testicules !

Monsieur Edmond avait préparé mon arrivée dans la capitale selon les douces recommandations de sa femme qui lui avait demandé de veiller sur moi. Il m'avait réservé et payé pour quinze jours une chambre sous les toits et organisé un rendez- vous d'embauche.
Nous arrivâmes dans le grenier de Paris. Je découvris une ruche d'activités humaines autour d'une multitude de

produits venant des quatre coins du pays. Sous les hauts toits des pavillons Baltard, les transactions avaient démarré depuis de nombreuses heures. Les chariots débordant de victuailles partaient irriguer le tout Paris. Je suivais Marcel qui progressait dans les allées avec facilité vers la buvette centrale. Un ballon de beaujolais pour commencer la journée parisienne ressemblait chez lui à une prescription médicale. Je regardais ces têtes matinales de poissonniers, de bouchers, de tripiers, ou de légumiers autour du zinc. J'imaginais la profession de certains aux traits de leur visage. Au fil du temps, un charcutier peut ressembler à un verrat. Marcel était l'un des leurs. Les pots de beaujolais se succédaient à grand rythme pour tenter d'étancher cette soif matinale des corps de métiers réunis. J'avais appris à aimer grandement le vin, mais au petit matin, il fallait posséder des parois d'estomac blindées. Les miennes demeuraient délicates, voire sensibles. Heureusement, je trouvai des alliés pour boire un petit noir bien serré et ne pas succomber à l'appel des vignobles des Pierres Dorées.
Marcel posa son verre sur le comptoir et s'exclama : “Salut les filles, je rentre à Bordeaux”. Nous fîmes chemin commun jusqu'au camion pour que je puisse récupérer ma modeste valise. Il me rappela que Viviane m'attendait et grimpa dans son Berliet bleu couleur 4 L de gendarmerie. La vitre baissée, son bras gesticula dans tous les sens pour me dire au revoir. Je me retrouvai seul dans la rue. Après quelques pas, je m'assis sur un banc, levant la tête pour regarder le ciel au travers des branches dénudées de feuilles. Bientôt un an que mon père n'était plus là. Il me manquait terriblement. Je portais aussi la mort de son meurtrier sur la conscience. J'aurais pu seulement le blesser en visant une autre partie de son corps. Non, ma flèche ne pouvait qu'être tueuse.
Ma nouvelle vie devait commencer maintenant. Me détacher du monde d'avant, sans l'oublier, mais seulement

accepter que je ne pouvais pas l'influencer devenait une nécessité impérieuse. Je me levai chancelant pour me diriger vers le kiosque à journaux que j'apercevais à l'angle de la rue. J'y fis mon premier achat, *le Plan de Paris par arrondissement et communes de Banlieue, avec la station de métro la plus proche.*

Arrivé dans ma chambre de bonne au 7ème étage sous les toits, je m'écroulai sur ma couche pour une journée et une nuit entière de sommeil. Mes pensées, au réveil, s'entremêlaient, guidées par mes yeux mi-clos scrutant cette nouvelle pièce à vivre. L'agencement composé d'un lit, d'une chaise et d'une table dont le plateau se repliait, formait le mobilier de ce nid d'aigle. Dans le fond du couloir, je trouvai le cabinet de toilettes, dont le très spartiate équipement Jacob Delafon, devait être partagé entre les dix clapiers de l'étage.

Monsieur Edmond avait bien transmis son message de recommandation. Ce fut une simple formalité de recrutement ; je devais commencer deux jours plus tard chez un grossiste en fleurs qui me proposait de livrer les fleuristes parisiens assis sur un vélo triporteur. Il me confia des plans avec des trajets numérotés de couleur différente, pour que le chemin soit le plus direct possible, me disait-il. Je n'aurais jamais imaginé qu'un jour, je sillonnerais la capitale en pédalant pour livrer des fleurs coupées. Dès le premier jour, en nouvel adepte de la petite reine, je m'engageai sur un petit tronçon de contre-allée des Champs Elysées. Concentré sur ma route, je pensai à Monsieur et Madame Cohen, nos voisins d'en face dans la rue de Marengo. Lui se passionnait pour le tour de France et son arrivée sur la plus belle avenue du monde et moi, j'adorais la cuisine juive de Madame Cohen. Elle préparait pour son mari et pour ses voisins, des artichauts à l'orange, avec des gousses d'ail, du citron, de l'huile d'olive

et bien sûr d'épaisses tranches d'orange. Toute notre rue plébiscitait cette préparation et elle le savait bien. Monsieur et Madame Cohen souffraient de ne pas avoir eu d'enfant. J'allais donc dormir chez eux, à leur demande, dès mon plus jeune âge. Sur les pavés, l'idée me vint que ma mère m'échangeait pour une adoption de nuit contre des artichauts à l'orange. Ce principe de troc m'amusa jusqu'à ma dernière livraison de la journée.
J'avais organisé ma tournée pour terminer place de l'Odéon. Les derniers bouquets déposés dans les seaux en zinc dans les arrière-boutiques et les bons de livraison signés, je clôturai ma tournée fleurie. Devant les colonnes néo-classiques du théâtre, je pouvais m'accorder le temps d'une cigarette méritée pour consulter mon guide, mon précieux guide. L'appartement de Mathilde se trouvait à deux pas, rue du Sommerard. Prendre la rue Racine, traverser le boulevard Saint Michel, continuer sur la rue des Ecoles, puis la rue de mon étudiante débutait. Je dépassai un petit square, où je crus voir entre deux arbres Romulus et Remus s'alimenter aux généreuses mamelles d'une louve venue directement de Rome à Lutèce, puis je scrutai les façades à la recherche du numéro de l'immeuble. La lourde porte d'entrée poussée, j'entrai dans un passage couvert.

– Bonjour, que puis-je faire pour vous ? Le coup de balai, ferme et assuré, la concierge veillait sur les lieux. Elle ne me regardait pas ; ses yeux suivaient les mouvements saccadés de son instrument en paille.
– Bonjour Madame, je suis un ami de Mathilde Perle. Je viens lui rendre visite, indiquai-je au garde-barrière de la frontière d'un pays qui ne brillait pas par la qualité de son accueil.
– Elle est sortie promener son chien, elle ne va pas tarder ! me lâcha-t-elle.
– Je vais l'attendre dehors, merci !

Assis sur la selle de mon vélo, sur le trottoir d'en face, j'attendais patiemment son retour. Dans le fond de ma caisse de livraison, un œillet s'était détaché d'un bouquet. Je le saisis ; il devint mon modeste présent pour l'accueillir.
Précédée de quelques mètres par un braque de Weimar qui tirait fortement sur la laisse, je vis enfin arriver celle qui occupait quotidiennement mes pensées depuis bien longtemps. Elle marchait. Elle ne me voyait pas.

– Mathilde !

Mécaniquement, sa tête se tourna dans ma direction. En l'espace de quelques dixièmes de seconde, les yeux ne mentent pas. Ils reflètent le fond des sentiments. Son regard, après m'avoir identifié, plongea vers le sol pour immédiatement se ressaisir et me fixer alors. Les animaux, eux, ne trichent pas, ils ne regardent pas la terre pour se dérober, ni le ciel pour espérer.

– Tu vois, je suis venu, lui dis-je, heureux et gêné à la fois par sa distance.
– Oui, mais je t'avais dit de me prévenir en te présentant à la concierge.
– C'est exactement ce que j'ai fait. Elle m'a dit que tu allais bientôt revenir. Je t'ai attendu.

Je ne compris pas son attitude. Je croyais que nous allions nous serrer dans les bras, que nous nous embrasserions follement. Non, nous rejouions l'histoire des jumeaux de Rome. J'avais franchi le sillon sacré de la future ville éternelle en venant la voir ; elle ne le souhaitait pas ; elle tuait ma passion.

– Mathilde, je vois bien que ma présence ne te réjouit pas. Je m'en vais, dis-je, brisé par ce mauvais scénario et blessé dans mon amour propre.

– Attends, me dit-elle, ne pars pas. Il faut que nous parlions. Je ramène Cannelle à la maison et je reviens.

Elle revint après un long moment. Avait-elle expliqué la situation à un membre de sa famille ou brossé son chien ? En tout cas, l'idée de partir me traversa plusieurs fois l'esprit. Il me sembla à son retour qu'elle portait une nouvelle robe et que ses yeux étaient soulignés d'un trait qui lui permettrait peut-être de garder la ligne d'horizon en mire.
Elle n'était pas belle, elle était magnifique.
Nous nous posâmes face à la Sorbonne sur un banc qui n'attendait que nous, sous le regard de Montaigne dont la statue de marbre avait connu bien des outrages.
Assis à distance l'un de l'autre, j'attendis ses premiers mots. Elle me devait des explications. Je ne l'avais pas vue depuis plus d'un an, mais les sentiments ou les engagements ne pouvaient pas connaître ce funeste contre-pied.

– Paul, je dois te dire que depuis que nous sommes partis d'Alger, beaucoup d'événements se sont déroulés. Papa vivait déjà ici la moitié de l'année, mais pour maman et moi, nous avons connu un vrai bouleversement dans nos vies.
– J'imagine bien, répondis-je. Elle prit conscience par ma réponse laconique combien ses propos, centrés sur elle, pouvaient m'apparaître comme égoïstes. A ma grande surprise, elle saisit ma main posée à plat sur la planche usée.
– Bon... Il faut que tu saches que j'ai rencontré un garçon, il y a quelques mois, à l'occasion d'une soirée organisée par les Arts et Métiers. Il souhaite que nous nous fiancions cet été. Paul, je n'avais plus de nouvelles de toi depuis ton premier courrier...

Je n'avais pas de mots. Je ne pouvais pas lui en vouloir. Je n'avais qu'une seule envie : partir.

Immédiatement partir.
Je me dressai sur des jambes brisées en un seul coup de hache. Je voulais prendre congé d'elle sans plus de précision sur cette maudite relation.

– Paul, ne pars pas. Dis-moi ce que tu deviens. J'ai très souvent pensé à toi.
– Mathilde, c'est trop dur. Je te souhaite tout le bonheur que tu mérites, je m'en vais.
– Écoute-moi, demain et après-demain, je serai à 18h00 au *Café des Deux magots*. C'est sur le boulevard Saint Germain. Passe, je t'en prie. Nous avons bien des choses à nous dire.

Je pédalai et je pleurai ou je pleurai en pédalant. Pas question de revenir la voir. Je mesurais le déclassement social qui s'était opéré entre nous, entre les pieds-noirs qui possédaient un pied à terre en métropole avant l'indépendance et l'immense majorité, qui un an après l'exode, vivait encore un purgatoire qui prenait de plus en plus les formes d'un petit enfer.
Ma journée du lendemain fut particulièrement dense en livraisons, sans répit. Sur la montre de mon père, seule présence matérielle que je conservais de lui, à l'exception d'une photo d'identité rangée dans mon portefeuille, je vis passer l'heure de la rencontre proposée en poursuivant mes livraisons. Ma nuit fut emplie de rêves ou de cauchemars ou des deux. Mathilde occupait le haut de l'affiche de cette projection concoctée par mon subconscient. Au réveil, je n'avais pas que la bouche pâteuse. Mon cerveau me semblait englué dans un galimatias de pensées contradictoires.
L'intelligence féminine a très souvent une longueur d'avance sur celle de la gent masculine. Lorsqu'elle m'avait proposé deux dates, je ne mesurais pas qu'elle anticipait l'échec de la première et qu'elle espérait qu'après le boycott, une chance pouvait s'ouvrir. Toute

cette foutue deuxième journée, je n'arrivais pas à me décider. A 17h00, la trotteuse de ma montre mécanique s'arrêta sans que je ne m'en aperçoive, je continuais à pédaler pour une nouvelle livraison. Il était toujours 17h00 quand je finis ma course. Je compris alors que le temps s'était interrompu et que j'avais peut-être raté Mathilde. Ma décision enfin prise, je roulai la boule au ventre, vers cette discussion que j'attendais finalement.
La belle terrasse du café se déployait des deux côtés de l'immeuble. Je la cherchai parmi les nombreux clients de l'établissement et les serveurs qui s'activaient dans leurs impeccables tenues. Elle me fit signe d'une main ouverte. Son large sourire me ramena au visage qu'elle m'offrait jadis, à Alger. Un instant, j'oubliai son idylle et rêvai que son accueil présage d'un amour nouveau. S'il avait fallu que j'aille brûler un cierge dans l'église de Saint Germain des Prés pour la reconquérir, j'y serais allé en marchant sur les mains.

– Je suis heureuse, tu es venu !
– J'ai beaucoup hésité ... et je suis là.

Nous nous engageâmes dans le récit de nos vies depuis notre séparation en partageant des verres de vin rouge. Les émotions se mêlaient ; nos tristesses et nos joies s'entremêlaient. Nous aurions mieux fait de commander directement une bouteille de ce cabernet de Touraine, tant les verres se succédaient. D'abord trop marqué par des arômes de poivron, ce vin me plaisait de plus en plus, boisson faisant. Le froid s'accentuait en ce début de soirée ; les clients quittaient la terrasse ; elle me proposa d'entrer au chaud. Je poussai les lourds rideaux et nous entrâmes dans cette salle étincelante. Les miroirs nous livraient de multiples dimensions, à l'image de ce que nous vivions avec ces allers- retours dans notre passé partagé. Elle prit place sur la banquette bordeaux ; je m'assis sur la chaise, face à elle, en recentrant le lourd guéridon, fait de fonte et de marbre. Dans le miroir derrière elle, se reflétait une partie de la vie du lieu. Mon regard, attiré par une des photos accrochées sur le mur d'en face, je ne pus résister à l'envie de mieux voir ce cliché en noir et blanc. En quelques pas, l'identité du personnage photographié était confirmée. Il s'agissait d'Hemingway en tenue militaire accoudé au comptoir en compagnie d'une personne. Un homme, une femme, je ne sais pas. Même si ce lieu parisien n'avait strictement rien à voir avec celui de Logroño, j'avais une nouvelle fois un rendez-vous-comptoir avec l'écrivain. Revenu à ma place, je livrais simplement à Mathilde : " C'est Ernest Hemingway". Elle ne chercha point à comprendre mon intérêt pour lui, mais me livra la citation de Jean Cocteau : "Les miroirs feraient bien de réfléchir un peu plus avant de renvoyer les images". Puis, elle m'apprit qu'Hemingway fut une personnalité marquante de ce quartier, que sa vie parisienne avait été intense et qu'il partageait les tables de nombreux cafés avec des amis artistes, notamment d'écrivains américains expatriés. Son amie Gertrude Stein avait baptisé ce groupe : "la génération perdue".

– Ne crois-tu pas Mathilde que notre génération est aussi perdue ?
– Mais non Paul. Il faut croire en notre avenir. A tous les moments heureux que nous allons vivre !
– Peut-être, mais sans toi, lui répondis-je spontanément.
– Paul, tu dois accepter cette situation. Je dois te dire que je suis troublée par nos retrouvailles, mais les choses sont engagées.
– Au fait, il est où ton Apollon au décamètre ?
– Il est rentré chez lui, à Strasbourg, pour quinze jours de vacances.
– Voilà enfin une bonne nouvelle, plaisantais-je. Elle souriait d'un sourire coupable ou tout simplement complice.

La soirée avançait ; nous avions ralenti la consommation de vin mais les effets de l'alcool pesaient diablement sur nos corps et nos pensées. Mathilde me proposa dans une sorte de fulgurance la découverte du Caveau de la Huchette afin d'échapper à la fin annoncée de la soirée. Je ne pouvais résister à cette invitation ; je l'aurais suivi jusqu'au bout de Paris et même du monde ; le programme de livraisons du lendemain devenait secondaire. Nous descendîmes dans les caves voûtées de la célèbre institution, la musique des cuivres nous aspirant. Dès la première marche, Mathilde m'avait saisi le bras pour tenir l'objectif d'arriver debout dans l'antre du jazz. Deux places se libérèrent dans une alcôve, ancienne cellule sous la terreur jacobine, elles furent pour nous deux. Nos corps serrés l'un contre l'autre, elle n'avait pas lâché mon bras.
Du fait de la musique, poursuivre notre discussion devenait impossible car un chanteur à la voix éraillée et au sourire figé, accompagné de ses musiciens faisait swinguer dans une vive euphorie un public conquis. En peu de temps, la fatigue gagna ma dulcinée qui posa sa tête sur mon épaule et s'endormit, libérant les spasmes d'une liberté recouvrée qu'elle avait trop contenue. J'hésitai à la réveiller ; ces moments précieux contre son corps m'étaient comptés. Ces longues minutes à la sentir si proche me vivifiaient comme les embruns d'une Méditerranée agitée qui épouseraient mon visage.
J'avais senti son trouble mais je ne savais pas s'il témoignait d'une nostalgie éculée ou s'il présageait d'une certaine crainte pour son engagement avec *l'autre*. Mes caresses lentes et répétées sur son avant-bras l'éveillèrent alors que la musique rythmée et forte l'avait bercée.
Je lui indiquai qu'il fallait rentrer. Elle se leva mécaniquement et s'engagea sans un mot sur le chemin du retour. Sortis dans la rue de la Huchette, elle me saisit de nouveau le bras recréant la fusion que nous connaissions dans les sous-sols que nous avions quittés. Je sentis bien que

mon tutorat était précieux, ses jambes avaient emprunté aux danseurs un mouvement chaloupé qu'elle maîtrisait partiellement. Devant la porte de son immeuble, nous nous séparâmes par deux bises convenues sur des joues qui avaient capté la fraîcheur de cette nuit avancée.
Ne sachant que dire, je lui livrai quelques banalités. Elle m'écouta, absente sans dire un mot. Il fallait savoir conclure, savoir partir. Pourtant, je ne pouvais me résoudre à la quitter. Alors que j'allais tourner talon, elle me saisit la main et me regarda pour me dire :
– Tu reviens demain !
– Oui ! Répondis-je spontanément.
– Même heure, même lieu ?
– Je serai là !

Je regagnai mon logis en parcourant un Paris déserté, envahi d'un bonheur intense. Sous les lanternes de l'éclairage public, je consultai à de nombreuses reprises mon plan pour tracer mon chemin du retour.
Toute la journée du lendemain, je ne pensais qu'à nos retrouvailles du soir à venir. J'avais enroulé dans du papier kraft une chemise propre que je voulais enfiler avant notre rendez-vous. Malheureusement, l'eau de quelques bouquets se répandit sur mon textile devenu buvard ; je restai donc dans ma tenue du jour. Nous arrivâmes ensemble à notre point de rendez-vous. Le serveur de la veille nous reconnut et dans un balancement orchestré de son plateau chargé de verres de Suze me fit un clin d'œil complice avant de nous accompagner vers une table en retrait.
Du coup, je commandai deux Suze pour poursuivre la complicité avec notre hôte, fin observateur depuis de nombreuses années des relations de séduction. Je me sentais bien, je retrouvais l'humour que j'utilisais spontanément à Alger. Elle riait de mes facéties et moi des siennes. Les tables voisines s'amusaient de notre complicité et

nous jalousaient, peut-être. Nous apportions au cœur de Paris, la chaleur du verbe.

– Où va-t-on maintenant ? me demanda-t-elle.

Nos estomacs criaient famine car ni elle, ni moi, n'avions déjeuné. Elle ne se doutait pas qu'en quelques jours de vie parisienne, je connaissais déjà les bonnes adresses de la place.

– Je t'emmène chez Viviane au relais de la Baume. Une cuisine du Terroir, madame ! Ça ne doit pas être bien loin d'ici, je l'ai repéré sur mon plan.
– Allons-y !

Elle prit place dans le bac du triporteur, laissé libre par les fleurs des champs. Très amusée, ses cheveux blonds au vent, elle gesticulait dans tous les sens, provoquant de multiples à-coups dans le guidon de mon vélo. Elle s'imaginait sur un quadrige de légende, victorieuse d'une course épique dans le Colisée. J'avais vu Ben-Hur au cinéma avec mon frère ; je vivais un remake inattendu de ce péplum. Dans son pré carré, elle se révélait sauvage, voire primitive, terriblement libérée dans sa gestuelle, avec une puissance toute animale.
Je garai notre attelage devant le bouclard comme disait Marcel. Loin de l'accueil New Orléans de la veille, nous fûmes embarqués au son des accordéons sur une musique d'ambiance qui sentait bon la ritournelle de la France profonde. Je me dirigeai droit vers la caisse enregistreuse où siégeait celle que j'imaginais être “La Viviane”. Bonne pioche !
Les présentations faites, j'entrai par adoption dans la famille Remise. Lorsque Mathilde vint me rejoindre, j'étais déjà assis à proximité d'une grande cheminée qui irradiait beaucoup de calories sous son immense linteau en granit gris, certainement rapporté de l'Aubrac. Mon dos exposé

au foyer connaissait déjà les effets des flammes. Je quittai rapidement les couches de vêtements protecteurs de ma journée à l'extérieur. Sans l'avoir commandée, une planche épaisse couverte d'une généreuse composition de charcuterie nous fut apportée par "La Viviane", en guise de bienvenue. Elle me saisit la joue entre son pouce et son index replié pour m'intimer l'ordre de manger en ajoutant que je faisais de la peine, que je ne devais pas me nourrir suffisamment tous les jours, qu'en Lozère j'aurais eu double ration de crème pendant quinze jours pour me refaire. Elle n'avait pas tort. Toutefois, il ne fallait certainement pas que je mange autant qu'elle. De sa blouse en tergal trop étroite, sortaient des membres congestionnés, irrigués par de minuscules vaisseaux sanguins qui affleuraient sous une peau tendue à l'extrême par la matière corporelle. Son geste, plein de tendresse relative, digne d'un tâté de veaux à la foire annuelle de Nasbinals, amusa beaucoup Mathilde qui de sa main gauche attrapa à son tour mon autre joue, qu'en bon chrétien je tenais disponible, et me dit "Je suis heureuse".

Marcel m'avait bien annoncé le menu ; le fameux aligot et sa saucisse servis dans une très copieuse assiette succéda à la cochonnaille. Je n'avais d'yeux que pour Mathilde ; pourtant je remarquai une des protégées de la maison. Une des deux nièces de Marcel redressait la table libérée par nos voisins en s'appliquant à ajuster une nappe aux carreaux rouge et blanc. Une fille venue des hauts plateaux de L'Aubrac, ça se sentait. Elle aurait aussi pu être écossaise, née près d'un lac dans les Highlands au-dessus d'Inverness, son père distillant un whisky légèrement tourbé, obtenu grâce à une orge maltée d'exception. Mathilde identifia mon décrochage, tel un avion quittant sa formation de vol par un mouvement sur le manche de commande. Par une question portant sur le goût du fromage dans notre aligot, elle souhaita m'extraire de mes pensées qu'elle considérait comme vagabondes. Je ressentis chez elle une certaine jalousie qui ne me déplaisait pas. Fort de cette petite victoire, je regagnai le plan de vol de mon escadrille avec un seul objectif : la séduire.

La fin du service approchait pour le restaurant. La salle se vidait et les nièces s'activaient au rangement pour une fermeture au plus tôt. Nous nous apprêtâmes à partir lorsque "la Viviane" s'invita en tirant une lourde chaise de la table d'à côté pour se positionner entre nous.

– Alors les petits, c'était bon ? Vous êtes les invités de Marcel, il me paiera lorsqu'il passera.
– Merci beaucoup madame, ça nous gêne, fut notre réponse commune.
– Ce n'est rien, ça me fait plaisir ! Il n'y a pas de « gênance » à avoir. Oui, mes filles disent le mot « gênance » chaque fois que je m'invite à une table ! Vous êtes tellement beaux ; on dirait deux moineaux amoureux posés sur un sorbier en train de picorer les petites boules rouges. Oh purée ! Vous me faites devenir poète !
– Oui mais madame…
– Appelle-moi Viviane, demoiselle ! On est entre nous ! Tu t'appelles comment ?
– Mathilde !
– Si vous faites des petits vous m'en garderez un ! Mais un garçon ! Oui avec Raoul, on s'est arrêtés à deux. D'ailleurs, il s'est arrêté lui aussi puisqu'il est mort. Je lui disais qu'il buvait trop, qu'un jour, il aurait des problèmes. Il ne m'a pas écoutée, et voilà !
– On ne pourra pas vous en donner un, livra simplement Mathilde.
– Mais pourquoi donc ? Mais que me dis-tu là, fille ?
– Oui, je vais me fiancer prochainement.
– Tu vas te fiancer et ce soir tu manges avec un autre garçon que tu dévores du regard. Oh, tu rigoles ! Ce sont tes

parents qui te demandent de te marier ?
– Non !
– Mais alors qu'est-ce que tu fais ? Profite, on est à Paris. Pas dans un hameau perdu où tout le monde te regarde !

Je ne savais pas que la Lozère avait une représentation diplomatique pour épouser et défendre les causes perdues. “La Viviane” jouait un rôle d'ambassadrice de haut vol.
Viviane appela une de ses filles qui se dirigeait vers la cuisine pour lui demander la bouteille de Suze et trois verres pour clôturer la soirée. Comment lui refuser de trinquer ensemble après son excellent plat, ses pieds dans le plat et son exposé sur la récolte des tubercules de gentiane dans les prés de la patrie de la bête du Gévaudan ? Pourtant, je n'avais pas grande envie d'amertume à ce moment de la journée.

Nous rentrâmes peu avant minuit, après avoir promis à notre hôte un très prochain retour. Mon colis précieux, bien moins agité qu'à l'aller, avait pris place les jambes croisées dans la caisse de transport. Je livrai Mathilde dans le silence de sa rue. Les mots de Viviane l'avaient touchée, voire déstabilisée.
De façon automatique, elle m'embrassa ; gênée, elle me demanda si je voulais la revoir.
Je lui indiquai que pendant les deux jours à venir, je devais accompagner un livreur en banlieue du côté de Montreuil et lui proposai de nous voir le dimanche. Heureuse de mon invitation, elle me convia à manger sur l'herbe au jardin du Luxembourg. “Je préparerai des pâtisseries arabes” me dit- elle.
J'aurais bien eu besoin des talents surnaturels de ma mère pour essayer de deviner l'issue de cette histoire. Néanmoins, je commençais à ressentir une certaine lassitude à quémander cet amour qui m'avait glissé entre les doigts.

Dans le camion qui nous menait vers l'est parisien, le taciturne chauffeur n'avait pas décroché un mot depuis notre départ. Je passais de Marcel le boute-en-train à Jo (je n'ai pas connu son nom) l'introverti torturé. Sans prévenir, il stoppa le véhicule sur un bas-côté pour ses achats au bar tabac, "Les copains d'abord". Je doutais qu'il eut été associé au moment du choix de l'enseigne. Il revint avec sa ration de cigarettes et le journal France Soir qu'il posa sur le siège entre nous. Je fus aimanté par le titre dans lequel les trois lettres OAS écrites en gras réouvrirent mon chemin des abymes. Jean Bastien-Thiry avait été fusillé au fort d'Ivry, suite à sa condamnation par la Cour militaire de justice pour avoir organisé et dirigé l'attentat du Petit Clamart, visant à supprimer le Président de la République, Charles de Gaulle. François, auquel je n'avais pas pensé depuis mon arrivée à Paris, s'invitait sans me prévenir dans mes pensées les plus déchirées. Était-il rentré ? Que devenait-il ? Nos destins ne pouvaient pas s'être séparés définitivement, mais par quels moyens pourrais-je avoir de ses nouvelles ? Toute cette foutue journée, je fus aspiré par un siphon mêlant nostalgie, mélancolie et haine. Je m'enfonçais dans les tréfonds de ma mémoire malgré ma résistance et l'envie de penser à d'autres sujets. Je convoquai Mathilde à ma rescousse pour imaginer une fin heureuse, mais rien n'y faisait, elle était balayée par la noirceur de mes pensées.
Sur le chemin du retour, je m'endormis. Mon père vint taper aux fenêtres de mon rêve. Au réveil, je fus soulagé.
Depuis mon arrivée à Paris, je n'avais pas donné de nouvelles à ma mère. Pourtant, je savais combien elles devaient être attendues. Pourquoi cette négligence de ma part ? Elle pensait probablement très régulièrement à moi ; elle priait certainement pour que je sois protégé par la Vierge Marie et je repoussais le temps de consigner par écrit mes premiers pas parisiens. Je vivais ce renoncement avec culpabilité porté par une grande ingratitude.

Au retour de la deuxième journée passée avec mon funeste coéquipier, je mobilisai enfin mon énergie pour rédiger ce que je pensais initialement être quelques banalités couchées sur une feuille de papier scolaire. Ma sobre production se transforma en fait en une longue lettre lorsque je pris le parti d'évoquer Mathilde. A la fin de ma missive, j'étais soulagé. Rarement, je n'avais connu un tel plaisir à écrire. Les mots s'échappaient ou se libéraient de ma pensée, occasionnant une satisfaction immédiate. Depuis ce jour, je portais sur moi un carnet dans lequel, je consignais les idées les plus banales comme les plus loufoques et je griffonnais de nombreux croquis. Sans atteindre les performances artistiques de l'oncle Eduardo, je relisais avec plaisir les pages de mon histoire quotidienne comme un adolescent qui consulte son journal intime.

En cette fin de dimanche matin, un grand soleil brillait sur la capitale incitant de nombreux parisiens à avoir eu la même idée que Mathilde. Aussi, les pelouses du Luxembourg jouissaient-elles d'un grand succès. Notre intimité très relative se trouvait surveillée par des voisins de nappe aux quatre points cardinaux. Certes, ce n'était pas le moment de faire de grandes déclarations entre la tranche de jambon et les petites pommes de terre vapeur qu'elle avait préparées, mais je ne pensais pas profiter autant des conversations de nos voisins et réciproquement. Nous partageâmes avec une famille, habituée à fréquenter ce lieu dès que les conditions climatiques le permettaient, un premier verre de vin de coings préparé selon la recette familiale de madame. D'autres suivirent sans que nous les sollicitions. Ce service permettait à monsieur de se servir à chaque fois abondamment sans l'entrave de son épouse. Le côté suave du vin, nous égayait gentiment. La dernière bouchée du cake avalée, Mathilde se leva d'un seul coup et me dit " On y va !"
Elle prit place à son poste de commandement sur le tripor-

teur et m'indiqua la direction.

– Nous allons chez moi, je vais te montrer “mon chez-moi”!
– Mais, il y a ta famille, je ...
– Ne t'inquiète pas, ils sont partis ce week-end, me dit-elle avec légèreté.

Un vrai bonheur m'envahit. Je n'avais rien, aucune certitude sur le sens de ma vie, totalement démuni, pas d'argent, mais j'étais enfin heureux. Oui, je pouvais être heureux. Je ne savais pas ce qui allait se passer chez Mathilde, mais finalement peu importe, je devais enfin vivre pleinement.
Dans la cour intérieure, je garai mon char. La concierge regardait la télévision à grand bruit et n'entendit pas notre passage.

A peine arrivés dans ce très vaste appartement, Mathilde se dirigea dans la cuisine en m'invitant à la suivre. Son chien qui avait reconnu les pas de sa maîtresse depuis la première marche de l'escalier aboyait de joie, d'une voix rauque et posée. Elle saisit le paquet de café pour verser des poignées de grains torréfiés dans le moulin à moudre électrique. La mouture produite dans le vacarme de cet appareil libéra des arômes dans toute la pièce. L'ambiance des lieux se modifia avec ces odeurs de noisette, de fumé et de caramel. Cette chaleur olfactive supplanta le froid du marbre au sol. Je n'avais jamais mis les pieds dans une habitation aussi luxueuse. Que signifiait cette invitation chez elle ? Lui demander aurait conduit à une réponse rationnelle. Je m'avançai vers elle, en contournant son chien qui avait certes cessé d'aboyer mais qui dessinait avec des petits pas des volutes autour de ses jambes. Me tournant le dos, elle remplit les deux tasses de cet exquis café. Je me trouvais à cinquante centimètres d'elle lorsqu'elle se retourna et se trouva face à moi, les deux index prisonniers des anses du service à café de mariage de ses

parents.
Surprise, elle me regarda, le sourire aux lèvres. Des lèvres sur lesquelles, j'apposai les miennes. Le café pouvait refroidir, elle me prit par la main pour me conduire dans le vaste salon. Le canapé n'attendait que nous. Il n'y avait pas que les lions des tableaux orientalistes du mur d'en face qui étaient en appétit.

Nous nous enlaçâmes avec fougue et avec le bonheur immense de rattraper le temps qui nous avait échappé.
Je lui déboutonnai son chemisier col claudine avec l'envie de découvrir son corps au plus vite. Son pantalon ne résista point non plus. Elle m'apparut dans ses sous-vêtements, plus belle que jamais, plus désirable que toutes les femmes de Paris réunies. Je l'embrassai sur toutes les surfaces de sa peau claire et douce. Elle aimait, elle soupirait. Je découvris ses seins que je libérais non sans difficultés de l'agrafe de son soutien-gorge. Elle fit glisser sa culotte le long de ses jambes, en alternant la poussée d'une à l'autre. Elle était nue devant moi, exquise. Son corps moucheté de grains de beauté lui donnait des airs de félin docile que je caressai avec tendresse. Ses fesses, son ventre, son dos, sa nuque m'invitèrent enfin à découvrir son intimité. Nous nous rejoignîmes dans un plaisir intense, surpris par ma capacité à tenir le temps que j'avais réussi à arrêter malgré mon immense excitation.
Étendus l'un contre l'autre, la fatigue nous plongea dans un sommeil profond. Au réveil, nous renouvelâmes notre fusion des corps avec autant d'intensité et de lâcher-prise.
En femme libre, Mathilde se déplaçait nue de pièce en pièce. Après un passage dans la cuisine, elle revint avec les tasses fumantes que nous avions laissées, sans scrupule, orphelines.
Après la pause caféine, mon parcours se poursuivit à la demande de la maîtresse de maison, dans la salle de bain. Le gros robinet en bronze crachait de l'eau chaude dans la

baignoire portée par quatre pieds en forme de pattes de fauve. La mousse abondante foisonnait à la surface de l'eau, nous offrant un matelas imaginaire que nous perçâmes en pénétrant conjointement dans le bain. Elle saisit un savon dans sa main gantée pour me laver le visage, les bras, les aisselles, poussée par une familiarité presque maternelle. Pour me rincer, je plongeai tel le Nautilus vers les grandes profondeurs à la recherche d'une nouvelle Atlantide. Elle frémit de cette conquête aquatique. Même les plus beaux cétacés doivent reprendre à un moment donné leur respiration. A bout de souffle, je sortis ma tête couverte de mousse, déclenchant l'hilarité de ma Bella.
Nous restâmes si longtemps dans l'eau que nos peaux avaient grandement flétri ; il fallait sortir de ce bain de jouvence éternelle.
Je la quittai après que nous nous soyons couverts une nouvelle fois de baisers.

Le lendemain, elle finissait ses cours à dix-huit heures à la Sorbonne. Je vins la rejoindre à la sortie de l'amphithéâtre Bachelard. Elle fut l'une des dernières personnes à quitter la salle, à tel point que je me demandai si je ne l'avais pas ratée. Elle me proposa, une fois le flot d'étudiants évacué, de venir m'asseoir sur son banc de prédilection. Assis à ses côtés, je m'immergeai dans ce lieu chargé d'histoire. Les boiseries patinées soulignaient avec grandeur la forme en fer à cheval de l'auditorium, créant un point de convergence du regard vers le tableau vert. Il était loin le temps de ma vie estudiantine.
La grande porte d'accès se referma sans que l'appariteur n'ait vérifié si tous les étudiants avaient quitté les travées. D'ailleurs qui serait resté enfermé après les cours ? Nous ! Désormais, ce lieu nous appartenait ; nous pouvions en disposer. Elle me questionna sur mon projet professionnel, sur mon avenir. Je lui répondis, j'en convins, avec bien peu de certitude sur la trajectoire de ma vie. Le contraste

avec la sienne claqua comme une évidence dans ce décorum. Un long silence vint ponctuer cet imparable constat. Mes yeux accrochèrent alors la fresque méditerranéenne peinte au-dessus du tableau noir. Je perdis mon regard sur le chemin longeant la grande bleue au-dessus des équations écrites à la craie. Elles comportaient de trop nombreuses inconnues pour moi.

– Tu penses à quoi ? me demanda-t-elle.
– Je marche sur le chemin. Je me rends compte que la mer me manque. J'ai besoin de grands espaces, de la nature, de liberté.
– Ah oui ! Tu devrais comme Stevenson prendre un âne et traverser les Cévennes. Quand tu arriveras à Alès, tu poursuivras jusqu'aux Saintes Marie de la Mer !
– Mathilde, tu es une mule ! lui dis-je, en lui serrant délicatement le cou.
– Tu veux me passer un licol avant ton départ ? N'as-tu pas autre chose à me proposer ?

En la basculant sur le banc, je lui demandai si le manque de paille ne la gênait pas. Elle me répondit par des baisers fougueux. Sa jupe en velours côtelée rendait l'accès à notre bonheur particulièrement facile. Je ne savais pas si l'acoustique de l'amphithéâtre avait été travaillé pour magnifier l'expression du plaisir, mais nous pouvions témoigner que l'amplification du son, format chorale, nourrissait l'ensemble de l'espace. Pour fêter cette nouvelle carrière de chanteurs d'opérette, nous fîmes une pause, à la sortie de l'illustre université au premier troquet venu.

Accoudés au comptoir, nous étions portés par la légèreté de ce début de soirée de Saint Germain des Prés. Elle évoqua sa dernière lecture d'un texte de Simone de Beauvoir, engagée résolument dans le mouvement de libération des femmes. Je n'avais jamais lu d'ouvrages de l'auteur mais je lui répondis par mes lectures de Jean-Paul Sartre.

L'existentialisme devenait ainsi le cœur de nos discussions. En lui affirmant que l'être humain formait l'essence de sa vie par ses propres actions, je relançai immanquablement et involontairement le sujet de mon futur. Elle fumait ; je vis en l'espace de quelques secondes son visage se modifier, se crisper ; je la sentais déchirée. Après l'euphorie et l'insouciance, nous avions rendez-vous avec nos choix de vie. Pouvait-t-elle renverser la table de son parcours tout tracé ? Elle savait que mon choix dépendrait du sien. Peut-être que l'annonce de mon départ lui aurait facilité un non-choix et le maintien dans sa vie bourgeoise programmée. Mais je ne pouvais pas me résigner à cette annonce sans qu'elle ne me dise ce qu'elle avait sur le cœur. Après un long silence, accompagné d'une Suze et de larmes qui ruisselaient indifféremment d'une joue à l'autre, elle me dit :
– Avec toi, j'ai trouvé mon alter ego. Nous pensons pareil. Nous vivons les choses de la même façon. J'ai toujours envie de toi...

– Mais tu es engagée ! dis-je.

– Oui, je suis engagée et je ne peux pas trahir ma promesse. Il est tellement heureux. Nous avons annoncé à tout le monde nos fiançailles. Mes parents l'apprécient beaucoup et sont très fiers de notre future union.

J'appréhendais ce moment. Ces mots résonnèrent comme le prononcé du verdict d'une cour d'assise. Une décision de justice applicable immédiatement sans possibilité de faire appel. Un déterminisme social à l'opposé de l'existentialisme. Elle plongea dans mes bras et répéta une dizaine de fois :

– Pardon, pardon, pardon...

Je n'avais pas de mots, pas d'argument pour contrer ses propos. Sonné, je lui annonçai mon départ. Départ du café, de Paris et de sa vie. Nous nous embrassâmes une dernière fois, les yeux noyés.

15

– Saucisse, lentilles et morceaux de lard, ça te va ? me demanda une des deux nièces.

J'avais pris mes habitudes au relais de la Baume. Plus encore, tous les soirs, je bénéficiais d'une table ouverte pour un prix modique. Viviane avait adopté en ma personne un oisillon tombé du nid qu'elle avait récupéré en mauvais état. Elle voulait me requinquer, disait-elle, à marche forcée grâce à des repas copieux, riches en viandes du Massif central.
Cela faisait plus d'un mois que nous ne nous étions plus vus avec Mathilde. J'avais pris ma décision ; je partirai le mois suivant. Mon patron regrettait mon départ annoncé et me proposa une belle promotion pour me retenir. Je lui répondis que mon avenir était ailleurs, certainement loin des fleurs parisiennes. Mais où ? Se présentaient alors devant moi plusieurs options : le retour à Bordeaux, l'engagement dans l'armée ou partir découvrir la Provence de la famille du capitaine Henri de Palerne. Je choisis le sud, mon premier choix lors du rapatriement.

La Viviane se révélait être une grande assistante sociale pour les cœurs déchirés, pour les êtres désenchantés. Tout était chaos dans mes pensées. Conscient de ma fragilité, je ne voulais surtout pas revivre mes errements de Bordeaux. La Viviane mesurait bien les risques qui bordaient ces journées de forte détresse et de mélancolie. Aussi, à force d'insister, elle obtint que je vienne habiter, avant mon départ, dans une chambre au-dessus du restaurant car elle voulait avoir, disait-elle, un œil sur moi. Je retrouvais, avec elle, la bienveillance et la gentillesse de ma mère. Je les imaginais forcément amies. Je quittai la capitale un samedi matin sans avoir suffisamment dormi. Je m'étais couché tard pour pouvoir finir d'écrire une longue lettre à ma mère que je souhaitais poster avant mon départ. Je promis à ma famille lozérienne que je donnerais régulièrement des nouvelles et bien sûr que je reviendrais les voir. Viviane et ses filles me prirent dans leurs bras avec la force d'un taureau pour m'embrasser et me faire de puissantes tapes dans le dos. Je retrouvai la chaleur de l'expression contenue de l'amour que notre père nous portait.

Le voyage fut long avant d'arriver en gare d'Avignon. J'alternai des sommes réparateurs avec la contemplation de ces paysages d'une douce France que je découvrais. Aux lisières des bois, je cherchais les animaux retardataires au repli à couvert sous les arbres. Je contemplais les terres à pâturage et celles cultivées, les vignobles de Bourgogne et ceux de la vallée du Rhône. Une vraie leçon de géographie m'était offerte grâce à ce déplacement ferroviaire.

« Avignon, Avignon ! » cria le chef de gare.

Je descendis du marchepied avec ma modeste valise et fis mes premiers pas sur le quai. Sur les murs, de nombreuses affiches informaient les voyageurs. C'était celle, périmée, du festival d'Avignon de 1962, qui m'accueillait. Elle annonçait, en Une, la représentation de "*La guerre de Troie n'aura pas lieu*". Comme la deuxième guerre mondiale que voulait éviter Giraudoux, la guerre d'Algérie avait bien eu lieu, malgré tout. J'attendis une bonne heure près des remparts la correspondance qui me mènerait dans la patrie de la famille Palerne. Le frère du capitaine avait répondu au courrier que j'avais envoyé en me donnant les explications pour me guider et avait conclu sa lettre par les mots : "votre bon accueil nous oblige".

En ce milieu d'avril, les feuilles de platanes plus que centenaires offraient des couleurs vert tendre sur la longue allée qui plongeait sur une immense bâtisse orientée nord sud. Elles étaient rares, les maisons en terre de Provence avec cette configuration. Le mistral, fils de la vallée du Rhône, déterminait normalement l'implantation autrement. Les volets blancs de cet ancien couvent accentuaient la perception du grand nombre de fenêtres. Les parterres de pelouse réguliers guidaient mon cheminement jusqu'au perron. Je marchais et entendais mes pas sur le gravier. Le crissement des cailloux alerta un beauceron qui sortit de nulle part et se rua sur moi. Son aboiement lourd et grave me rassura un peu car il aurait pu envisager de commencer par me mordre.

– Charles, tais-toi, viens au pied, hurla son maître. Puis venant à ma rencontre, il me précisa :
– Ne vous inquiétez pas, il mord très rarement. Ça peut vous paraître étonnant mais tous les chiens que nous avons eus se sont appelés ainsi. Cette tradition date de bien avant l'appel du grand Charles !

Il m'invita à entrer dans la maison. Le chien nous suivit puis accéléra et, au seuil d'une nouvelle pièce, força le passage en bousculant le maître des lieux.

– Quel con ce chien ! Là, voyez-vous, il est jaloux de votre présence. Dans mon atelier, il est dans sa tanière. Il veut toujours rentrer le premier.

Il s'était rattrapé sur sa jambe droite en saisissant le montant de l'encadrement de la porte. Sans cette acrobatie, il aurait chuté dans les tableaux et les sculptures qui jonchaient le sol. Les murs de l'atelier affichaient complet. Sur un pan entier entre la cheminée et la grande baie vitrée, toute une série de toiles représentant un port de pêche depuis une fenêtre ouverte, attira mon regard. Seules les couleurs différenciaient l'une de l'autre. Vives, chatoyantes, empruntées au fauvisme, elles ouvraient la voie à la navigation sous le soleil incandescent de Méditerranée.

Il m'invita à m'asseoir dans un fauteuil club aux accoudoirs élimés et aux pieds martyrisés. Les ancêtres de Charles s'étaient attaqués aux angles de l'assise du siège, leurs crocs avaient effiloché ou mâchouillé le bois avec détermination. Le descendant beauceron de cette longue lignée avait pris place entre l'épaisse tenture d'un rideau vert bouteille et le mur. En se grattant, il déclenchait une sorte de mascaret sur le tissu. Les vagues remontaient jusqu'aux anneaux de la tringle à rideau.

Le comte portait la chevalière familiale avec distinction, les jambes croisées et la tête haute. En revanche, sa tenue ne tenait en rien aux codes vestimentaires de l'aristocratie française. Son pantalon à grands carreaux vert et bleu se combinait avec des chaussettes mauves et un polo jaune. Très vite, je me sentis en confiance avec lui. Après les premiers échanges convenus sur la qualité de mon voyage, il reprit les termes de sa missive. Oui, j'étais le bienvenu dans sa maison, son frère lui avait longuement parlé de mon père et du destin de notre famille.

– Je dois vous dire que Henri a perdu la vie, il y a quelques mois m'annonça-t-il. Et il reprit en précisant : Plus exactement, Henri s'est retiré la vie. Il ne supportait plus ses nouvelles conditions de vie. Il s'est tiré une cartouche de chevrotine.

– Cet homme que j'avais rencontré à deux reprises montrait une telle force de vie que rien ne laissait présager ce funeste destin.

– Un mois après les accords d'Evian, il a sauté sur une cocotte-minute bourrée de boulons et de clous. Il a reçu de nombreux éclats dans les jambes et le bas du dos. Après plusieurs opérations, il s'est retrouvé en fauteuil roulant. Il ne supportait pas son handicap et ses souffrances, lui qui vivait dans l'action, en parcourant les théâtres d'opéra-

tions dans le monde. Un matin, il a pris son calibre douze...
– Oh non !
– Si. Il est mort comme il a vécu, en maîtrisant son existence.

Une nouvelle tristesse m'envahit. Retrouver le capitaine m'aurait permis de renouer avec la vie de mon père. Ce suicide empêchait le témoignage que j'attendais tellement depuis mon arrivée en métropole. Mon hôte, mesurant l'émotion que j'avais bien du mal à contenir, comprit mieux ce lien trans-familial que son frère avait qualifié de profond. Le comte se leva et m'annonça qu'il allait chercher quelque chose pour moi dans son bureau. Depuis mon siège d'observation de premier choix, mon regard balaya les productions éclectiques proposées dans ce capharnaüm artistique : des sculptures animalières certainement inspirées de celles de François Pompon, des suspensions en bois flotté qui s'animaient grâce à des courants d'air façon art cinétique, des toiles à profusion et devant moi un grand buste de femme en plâtre dont le sexe s'illustrait par une insertion d'un triangle en bois. Nullement sculptées, les formes des lèvres venaient de Dame nature qui avait voulu peut-être s'amuser en féminisant une branche. L'imagination de l'artiste était féconde pour avoir repéré et cueilli le fruit défendu dans un platane.
Charles, sans quitter son fief, avait poussé de sa tête le tissu pour me regarder fixement depuis le départ de son maître. Immobile, il gardait la place en attendant. Aux premiers pas entendus du retour du comte, il produisait de petits gémissements et une bave généreuse digne d'un élevage d'escargots de Bourgogne, qui gouttait sur les tomettes.

Le comte revint une lettre à la main, suivi d'Alice, une employée de maison qui faisait rouler une desserte chargée de bouteilles d'apéritif et de verres de différentes formes. Toute cette verrerie s'entrechoquait gaiement et libérait toutes les gammes du répertoire d'un xylophone de cristal non accordé. J'inclinai mon regard vers les roues qui me parurent bien usées et peut-être elles aussi attaquées jadis par un membre du club canin de la maison.

– Qu'est-ce que je te sers Paul ? Vous permettez que je vous tutoie ? me demanda-t-il spontanément.
– Bien sûr monsieur
– Appelle-moi Patrice, s'il te plaît.
– Oui, répondis-je poliment.
– Je te propose un alcool ou du vin ? Je sais que tu aimes le vin !
– Comment le savez-vous, monsieur ? lui dis-je étonné.
– Je t'ai dit de m'appeler Patrice ! Je le sais parce que c'est écrit, vois-tu !
– Ecrit ?
– Oui dans cette lettre. Avant que je te lise un passage, je te propose notre Châteauneuf du Pape qui est vinifié par la coopérative.
Je saisis le grand verre copieusement rempli du nectar à la couleur pourpre.
– Vois-tu Paul, mon frère m'a laissé cette longue lettre. Il m'explique les raisons de son geste et me livre ses dernières volontés. Du fait qu'il n'était pas marié, qu'il n'avait pas d'enfants et que je suis son seul frère, il me revient d'œuvrer à la réalisation de son testament.
– Monsieur Patrice, Monsieur Patrice ! cria Alice d'une pièce voisine. Elle se rapprocha de nous en pestant d'un pas rageur. Elle entra dans l'atelier les deux bras levés.
– Oui Alice, qu'est-ce qui vous arrive ?
– Votre chien, Monsieur ! Je n'en peux plus. Il a encore pissé dans le petit salon, alors que les portes sont ouvertes pour qu'il aille dehors !

– Ah oui. Je crois finalement qu'il est atteint d'énurésie, vous connaissez le fameux pipi au lit de l'enfant pendant son sommeil, dit doctement le comte.
– D'énurésie ? De connerie, vous voulez dire ! La prochaine fois...
– Calmez-vous Alice, notre animal va se reprendre.

Alice nous quitta fâchée alors que Charles n'avait pas bougé une oreille derrière le rideau, fort de la complicité qu'il entretenait avec son maître. Après une gorgée pour assurer la transition, le comte reprit la missive qu'il avait posée sur une petite desserte.

– Voilà, dans sa longue lettre mon frère me demande, si tu venais à te présenter à la maison, de te lire ce passage.

"Cher Paul,

J'ai quitté ce monde, comme mon frère te l'a appris. J'aurais bien aimé partager des moments avec toi au bord de la rivière pour pêcher à la mouche. La vie est ainsi, la mort aussi.
Notre famille pourra t'héberger le temps que tu jugeras nécessaire et aider les tiens à se loger. Ton père, qui t'aimait tant, m'a longuement parlé de toi. Il m'a appris qu'avec ton ami, vous expérimentiez des vinifications révolutionnaires ! Avec mon frère, nous avons plusieurs vignobles. M'en occuper faisait partie de mes projets lorsque le temps de raccrocher mes rangers serait venu. Or, ce ne sera pas le cas. Je te propose de me remplacer dans ce projet. Mon frère sera d'accord. Ce vin deviendra alors un vin de longue vie.

Adieu, fils de mon ami"

Je restai sans voix. De la nuit, une lumière jaillissait. Le capitaine m'ouvrait un chemin grâce à mon père.

– Boire du vin est une chose. Le faire en est une autre ! clama le comte. Je ne me suis jamais intéressé à nos productions. Du coup, notre famille a confié l'entretien des vignes et l'élaboration des vins à des prestataires. Depuis de nombreuses années, mon frère me disait qu'il voulait reprendre ça en main et faire de la bouteille au domaine.

– Monsieur... non, Patrice....
– C'est mieux ! Me répondit-il, l'œil malicieux.
– Mon expérience se limite à avoir observé les travaux de cave de mon ami, dis-je, conscient de ma totale inexpérience.
– Et alors, quel est le problème ? Tu es intelligent, tu apprends vite et tu aimes le vin ! Si tu as envie, tu fonces.
– Oui, j'ai envie, dis-je spontanément.
– Eh bien voilà ! Je vais t'amener visiter nos vignes.

La perspective de mon engagement dans le vin familial l'enchantait. Sans me demander, il fit les niveaux dans nos verres avant de me proposer de poursuivre nos échanges dans le jardin.
Ma chambre m'attendait au bout d'un long couloir décoré de bustes féminins que le comte avait réalisé en plâtre. Il m'apprendra qu'il identifiait très bien les différents modèles, car certains ou tous avaient succombé au flegme et à l'humour de l'artiste. Le bassin d'Alice était-il déjà représenté dans cette suite de gypserie anatomique fut la question que je me posai en la suivant. Dès lors, mon attention se porta sur l'avant dernier pour imaginer que son incarnation éternelle pouvait être celle-ci. Lorsque Alice s'arrêta devant le seuil de ma chambre, ma conviction fut acquise ; oui il s'agissait bien d'elle.

Devant mon nouveau lit, j'ouvris ma modeste valise pour déballer les quelques habits qui m'accompagnaient dans mon périple. Je ne savais pas combien de temps je resterais en cet endroit, mais pour la première fois depuis mon arrivée en métropole, je sentais un lieu qui me délivrait un apaisement, un enracinement possible. J'enfilai une chemise achetée sur un marché parisien et retrouvai mon hôte pour poursuivre nos échanges.

Dès le lendemain figuraient au programme les visites des vignes de la famille. A ma grande surprise, Alice faisait partie de notre virée et prit place sur la banquette arrière en skaï de la Renault huit. Décidément, la relation entre le comte et la belle Alice ne devait pas se limiter aux tâches ménagères. Charles accompagna au pas notre véhicule dans la longue allée en produisant des gémissements de chien battu, regrettant de ne pas être des nôtres. Taquine, Alice demanda s'il ne fallait pas nous arrêter pour rassurer l'animal sur notre heure de retour. Le comte, regardant du coin de l'œil dans le rétroviseur sa passagère, esquissa un rictus qui saluait cette réplique vengeresse sur l'incontinence de l'animal.

Je découvris les paysages de ce département de Vaucluse depuis la *command-car* du Comte qui me livrait une visite commentée des sites remarquables que nous traversions. Le Mont Ventoux en point de mire, je contemplai ces vues du comtat Venaissin adossées sur le géant de Provence. Les premières parcelles visitées se trouvaient entre la Roque sur Pernes et Saint Didier. Les vignes, parfaitement alignées sur une légère déclinaison du massif, ne comptaient aucun pied manquant et présentaient un parfait état sanitaire. Nous remontions chacun dans notre rangée, comme dans un couloir de nage, vers une destination que je découvris au travers de cette végétation luxuriante. Il s'agissait d'un cabanon en pierres sèches, flanqué d'une treille sur laquelle une glycine avait pris ses aises depuis très longtemps. Le comte nous invita à prendre place autour de la table en pin qui connaissait les quatre saisons à l'extérieur.

– Voyez, j'aime bien venir ici, nous livra le propriétaire foncier. Je viens quelques fois y dormir.

Alice connaissait et appréciait aussi visiblement ce lieu. Bien loin de ressembler à notre cabanon de Tipaza, je perçus les mêmes propriétés bénéfiques de ce mazet sur les occupants.

– Cher Paul, ici nous sommes sur la terre des Banatais ! Dans ce village, à partir de 1948, sont venues s'installer des personnes venant d'une région d'Europe centrale, le Banat. Elles avaient quitté l'Alsace et la Lorraine au début du XVIIIème pour une nouvelle vie pleine de promesses au Banat. Puis, pris dans le tourment de la Deuxième Guerre mondiale, ils durent fuir.

– Banat, ça fait plutôt pays africain ! rétorqua Alice depuis le petit muret sur lequel elle avait pris place.

J'avouai mon ignorance sur l'existence de cette contrée. Le comte se lança alors dans une longue présentation de l'étonnant destin des Français du Banat. Ses talents de conteur nous plongèrent dans le conflit entre l'empire ottoman et l'empire austro-hongrois, les conquêtes de Soliman le magnifique, la 1ère puis la 2ème guerre mondiale.

– Mais pourquoi ce village de la Roque sur Pernes ? Demandai-je, curieux de la réponse.

– Vois-tu Paul, ici nous connaissions l'exode rural ; les campagnes se dépeuplaient inexorablement. Je crois qu'à la veille de l'arrivée des Banatais, il n'y avait plus que sept habitants. Le maire, qui enseignait le grec à l'université d'Aix en Provence, écrivait un livre sur le sujet des villages qui disparaissent, lorsqu'il apprit le retour en France de milliers de Banatais. Il prit contact avec leur représentant. C'est ainsi qu'une centaine de personnes s'établit ici dans les Monts de Vaucluse. C'est l'histoire de déracinements et d'enracinements des populations. Il doit y avoir bien des similitudes avec ton histoire, Paul ?

Le comte visait juste. Il m'avait propulsé tout au long de son récit dans une plongée qui revisitait les méandres de mon histoire familiale. Banatais et rapatriés possédaient une histoire riche, ne dit-on pas que "les peuples heureux n'ont pas d'histoire". Fort de l'intérêt que nous portions à ce sujet, le comte nous proposa de rencontrer, à l'occasion d'une prochaine visite, les voisins de la parcelle. Lors de leur arrivée, ils avaient pris en charge à bras le corps la restauration de la ferme abandonnée depuis plusieurs décennies.
La R8 nous attendait à l'ombre sous un grand pin parasol prête à poursuivre la route des vins.

– Direction Châteauneuf du Pape pour notre équipée ! lança Patrice.

Le château tutélaire dominait le village vigneron. En point de mire sur la longue ligne droite parmi les vignes, la route était tracée comme une évidence. Je découvris avec surprise, depuis mon poste d'observation, le sol composé de galets, caractéristique de la première appellation de France.
Nous fûmes accueillis dans la cour d'une ferme à l'entrée du village par les enfants des ouvriers agricoles, déjà partis pour une journée de travail. Une vieille jeep américaine nous attendait dans la grange des tracteurs. Patrice l'avait achetée dans un stock américain qu'il fréquentait assidûment. Il pouvait y faire des achats d'impulsion sous prétexte que l'article ou le lot vendu représentait une belle affaire. Des vestes en cuir, des bottes, des marinières, des pelles pliantes...s'amassaient dans une remise de la mai-

son, sans inventaire annuel sur la nature et sur la quantité des objets. Il avait délaissé ce jour-là ses tenues So british, pour un chino beige, un tee-shirt blanc et blouson d'aviateur qu'aurait pu porter Gary Cooper dans *Pour qui sonne le glas*.

Je constatai la modernité des équipements et ne manquai pas de les comparer avec les antiquités que possédaient les fermes autour de Marengo. Penché sous le capot d'un *Massey Ferguson*, Carlos, le chef de culture de l'exploitation, qui portait une salopette de garagiste ouverte sur un poitrail couvert d'une toison digne d'un mouton mérinos d'Arles, se redressa d'un seul coup, surpris par notre arrivée. Après un timide bonjour, il s'essuya le visage, laissant une trace noire en diagonale sur son large front. Alice, toujours attachée à la promotion de la propreté, se contint difficilement pour ne pas intervenir. Après les présentations, Patrice lui demanda de nous accompagner pour voir les dernières vignes achetées sur le plateau grâce à l'action diplomatique du notaire du village dans une succession sans fin.

Les ceps, peut-être centenaires, naissaient d'un sol sans terre. Sans palissage, taillés en gobelet, les plantes disposaient d'une libre conduite de la croissance de tous leurs sarments.

– Monsieur Patrice, cette parcelle de grenache, est belle ! livra Carlos qui avait remonté la fermeture éclair à hauteur d'une épaisse chaîne argentée qui reposait sur le matelas pileux.
– Ah oui ! Et cette vue sur le Rhône ! C'est grandiose s'exclama, le comte conquis. Il m'avait saisi par le bras pour communier son émotion. Je profitai du moment pour lui exprimer mes doutes sur ma capacité à réussir le projet proposé par son frère.

– T'inquiète ! me répondit Patrice dans un vocabulaire d'une grande modernité. Mon ami Olivier vinifie depuis des décennies dans son domaine. Il apparaît comme un extra-terrestre dans l'appellation, mais fait certainement le meilleur des vins. D'aucuns disent qu'il parle à ses vignes, qu'il a des méthodes non conventionnelles, bref, il emmerde tout le monde ! Et ça me plaît. Nous irons le rencontrer pour qu'il te prenne sous son aile afin qu'il te transmette son savoir-faire.

16

Une chorégraphie d'une centaine de grandes éphémères oscillait au-dessus des ronciers dans un mouvement parfaitement rythmé avec l'élégance de nageuses de natation synchronisée. En progressant vers la rivière, canne à mouche en main, je regardai avec curiosité ces mouches de mai, nées pour un cycle de vie d'une journée, qui envahissaient le ciel. Je suivais les pas de Patrice vers la Sorgue. Il m'avait parlé de cette rivière mythique dès le premier jour de mon arrivée. « Depuis sa source à Fontaine de Vaucluse, elle serait l'âme des territoires qu'elle traverse » m'avait-il dit. Nous arrivâmes sur une berge qui surplombait de plus d'un mètre le cours d'eau, couverte par une immense voûte végétale de chênes généreux. Je fus aimanté par cette eau cristalline, qui dévoilait des fonds tapissés d'herbiers animés par les veines d'eau. La lente ondulation des cheveux végétaux, portée par le courant, proposait un spectacle d'un ordre naturel immuable. Pendant de longues minutes, le silence s'imposa à nous. La fraîcheur de l'eau se percevait grâce à des courants d'air qui venaient lécher la surface et qui remontaient vers nos corps immobiles. Ce spectacle devint pour moi hypnotique, révélant à la fois un bonheur étincelant et réveillant à la fois une profonde mélancolie. Cette rivière portait des secrets et des mythes ; c'était une certitude pour moi. Ma mère apparut naturellement dans mes pensées. Elle aurait certainement eu des explications surnaturelles à me livrer pour mieux comprendre ce milieu féérique.
Patrice rompit nos positions immobiles en tendant son bras pour pointer du bout du doigt le premier gobage délicat d'une truite qui venait de percer la pellicule de l'eau en aspirant un insecte à peine émergeant de la surface.

– Tu vois Paul, le secret de la réussite de la pêche dans cette rivière, c'est de pêcher avec des mouches qui sont des émergentes et non des mouches sèches. Oui, les sèches sont posées trop hautes sur l'eau, sur leur collerette de plumes de coq !

– Je ne connais que ces mouches malheureusement, confiais-je à mon guide qui, je le mesurais, me transmettait un secret bien gardé.

– Tiens, prends celle-ci, je la monte moi-même, exclusivement avec du poil de lièvre. Tu remarques le petit toupet au-dessus, il représente le développement du sac alaire de l'insecte avant que les ailes ne se déploient. Les truites adorent ! Et tu verras, indifféremment, tu pourras attraper avec cette mouche des farios ou des ombres communs. Il m'avait confié son gilet de pêche dans lequel la multitude de poches contenait de nombreuses boites de mouches. C'était son ami Gilou qui l'avait conçu et cousu.

Grâce aux *waders*, je pus m'aventurer dans le lit de la rivière dont la température culminait à treize degrés. Patrice m'avait averti que sans cette protection, je n'aurais pas retrouvé mes bijoux au terme de la partie de pêche. Il ne manquait aucune occasion pour rappeler les éléments d'anatomie. Il m'évoqua l'hypothèse selon laquelle le David de Michel-Ange était peut-être passé par la Sorgue avant la pose devant l'illustre sculpteur.

L'émergente nouée à l'extrémité du fil, je pus déployer la soie en fouettant ma canne. La figure de Ladi me revint. Il avait été le premier témoin de mes lancers, des arabesques dessinées par une soie capricieuse. La mouche posée sur la veine d'eau connaissait sa propre vie, portée par le courant. Mais rapidement, le fil se rappelait à elle en lui signifiant qu'elle était attachée. Dès lors, elle draguait sur l'eau. Son posé délicat devenait poids mort qui balafrait la surface de l'eau. Je compris très vite la difficulté à pêcher la Sorgue. Patrice depuis son poste, à une trentaine de mètres en amont, me délivrait de précieux conseils. Il ne parlait pas fort mais ses mots portaient sur l'eau et arrivaient à mes oreilles avec une étrange netteté comme si nous étions dans la salle voûtée d'un château dans laquelle, positionnés au pied de deux arcs, nous échangions en secret, à bas bruit. Le soleil déclinait lentement derrière les platanes majestueux bordant l'autre rive. Le signal secret, donné par un horloger entomologiste, libéra le règne des insectes, resté discret jusque-là. Ils s'en donnèrent à cœur joie pour certains par des vols au ras de l'eau, pour d'autres par des figures totalement aléatoires.

Après plusieurs posés, une petite fario en poste depuis plus d'une demi-heure se saisit de ma mouche dans un gobage rageur. D'un ferrage assuré, je pus rapidement ramener le poisson dans l'épuisette. Ma première truite pêchée dans cette rivière devait recevoir de ma part une attention particulière. Je la décrochai délicatement et ne pus résister à lui donner un baiser sur le museau avant de la remettre à l'eau. Patrice valida sans rien dire la technique de mon posé. Je mesurai sa satisfaction d'avoir à ses côtés un compagnon d'aventures.

Dans la boîte en fer galvanisé, je choisis une nouvelle mouche, un *spent* qui représentait l'insecte mort, les ailes déployées à plat sur l'eau. La soie coulissant dans les anneaux de la canne sans résistance, je pus atteindre sous les branches une zone où je percevais régulièrement un remous. Mon leurre bien posé en amont se dirigea à l'endroit recherché. Je présentai, j'anticipai l'assaut annoncé. Il n'en fut rien sur l'espace que j'avais identifié comme critique. Mes doigts sur la soie s'apprêtèrent à exercer une grande traction vers l'arrière lorsque le salmonidé ayant certainement refusé de voir partir sa proie fit un décroché de deux mètres vers l'aval et fit claquer son gros bec sur l'assemblage hétéroclite de plumes de canard, de faisan et de poils de lièvre. Dans un geste réflexe, je soulevai sèchement la bannière et pris contact avec la fario. Les rudes à-coups pliaient ma canne. Je dus libérer de la soie pour éviter la casse. Patrice qui surveillait la scène me cria de ne pas trop en donner car le poisson risquait de s'entourer volontairement dans les herbiers. Je n'imaginais pas la capacité qu'avait le fouet à se plier ainsi. Un rude combat s'engageait. La truite remonta à la surface, puis se laissa porter par le courant, pour enfin revenir vers moi comme une flèche. Je voulais la capturer, je consentais pour cela d'y passer toute la nuit s'il le fallait. Ce poisson représentait symboliquement la possibilité d'agir sur mon destin qui filait dans un sablier conçu avec du sable d'Algérie. Il ne pouvait pas se décrocher du petit hameçon et le fil connaissait une interdiction de rompre sous la pression. J'avançai dans l'eau jusqu'à la limite de mes waders. Le combat se déroula dans la pénombre. Depuis de longues minutes, le soleil avait orchestré son repli derrière la végétation. Je tentai enfin de ramener vers moi ce magnifique poisson qui résista en opérant des sortes de ruades. Je me surpris par ma patience. Après un long combat, je pus enfin le saisir par les ouïes. Cette truite devenait mon espadon, cette rivière devenait ma rivière. Avais-je conjuré les sorts ? Cette incapacité à concrétiser les souhaits me semblait voler en éclat sur les fonts baptismaux de la Sorgue.

Patrice, pris par la fraîcheur de l'eau avait quitté son poste pour gagner la rive, en me demandant de ne pas remettre la truite à l’eau car Alice la cuisinerait. Dans la nuit tombée, je repérai le point orangé incandescent de sa cigarette, qui devenait mon phare d’Alexandrie pour revenir sur la berge. Le comte, dans un élan spontané, me prit dans ses bras pour des congratulations piscicoles. Alice, à notre retour, en voyant le poisson manifesta moins d’enthousiasme que nous car elle redoutait le contact avec le mucus sur la peau, me dit-elle. Elle nous demanda simplement ce que nous voulions qu'elle en fasse. La réponse de Patrice fut : " le manger". Je compris qu'il fallait l'aider. Finalement, je pris en main les opérations comme mon père le faisait au cabanon quand il s'agissait de vider et nettoyer le fruit de la pêche. Cuite au four, accompagnée d'un vin blanc de la maison, le repas fut un vrai bonheur partagé par nous trois.

Mon week-end s'achevait par ce régal ; le lendemain je retournais à mon apprentissage chez Olivier. La semaine, je logeais dans un deux pièces à Châteauneuf du Pape, petit mais confortable. Le vendredi en fin d'après-midi, Patrice venait me chercher avec Alice et quelques fois avec Charles. Les deux coéquipiers me témoignaient chacun à leur manière le plaisir de me retrouver.

Ma formation se passait pour le mieux au rythme du travail dans la cave. Certes, mon maître d'apprentissage ne connaissait pas les subtilités de la pédagogie, mais m'offrait avec générosité l'accès à son savoir-faire. Je connus mes premières vinifications pour le millésime 1963. Une année particulièrement difficile, tant la pluie fut abondante. Le combat pour obtenir une vendange saine dura du printemps jusqu'à l'entrée des raisins dans la cave. Les pulvérisateurs chargés de soufre et de bouillie bordelaise ne connurent aucun répit entre les averses et les orages. Nous avions réalisé une performance en sauvant les deux tiers des raisins alors que les caves voisines s'alarmaient des faibles volumes de leur production. Olivier m'apprenait grâce à des cuvaisons séparées à bien travailler chacun des cépages. Grappes éraflées, grappes non-éraflées, températures de fermentations, nombre de pigeages, sulfitage des cuves...Tout cela, je le consignais sur un carnet que j'avais appelé tout simplement "carnet de cave". Le soir, je reprenais mes notes et je dessinais quelques croquis pour illustrer mes propos.

Chaque jour, la passion du sujet me gagnait davantage. Après la fin de la dernière fermentation alcoolique des cuves du domaine, à l'occasion d'une visite de Patrice, mon maître posa son onction sur mon apprentissage en délivrant : " le petit, ça va le faire à Châteauneuf ". En cette terre pontificale, la proclamation urbi et orbi d'Olivier me fit chaud au cœur. Je pouvais poursuivre dans cette voie, éclairé par ce magicien des vins. J'aurais tant voulu être accompagné de François. Avec ses expériences viticoles de Marengo, il aurait eu une place de choix au milieu des foudres et des demi-muids. Imaginer ce que deviendra un vin après assemblage de plusieurs cuves, voilà un jeu que j'aurais voulu partager avec lui.

Mon formateur n'hésitait pas à ouvrir une bouteille en fin de journée pour illustrer tel ou tel arôme caractéristique d'une année. Il n'était pas rare, lors d'une venue de Patrice, que la dégustation devienne une verticale de vieux millésimes. Gibier, sous-bois, cuir, kirsch, truffes composaient le vocabulaire qualifiant régulièrement les nez des breuvages. C'était Alice qui prenait le volant de la R8 pour le retour vineux du comte lorsqu'elle l'accompagnait. Je doutais qu'elle possédât un quelconque permis, mais visiblement personne ne s'en souciait. J'aimais leur relation.

Les semaines défilaient à grands pas vers les fêtes de fin d'année. Je préparais mon voyage pour Bordeaux avec la joie de retrouver les miens. Ils me manquaient. J'avais des nouvelles au rythme moyen d'une lettre tous les deux mois. Il me tardait de revoir maman, la petite Marie, Jean et Jeanne. Le long périple ferroviaire, agrémenté de plusieurs correspondances, me fit découvrir la grande diversité des paysages entre le sud-est et le sud-ouest. J'avais réalisé en moins d'un an la grande triangulation, Bordeaux, Paris, Avignon, Bordeaux. Pendant cette semaine à

leurs côtés, je pus constater que ma petite famille vivait bien dans sa nouvelle vie. Jean connaissait depuis son arrivée une réelle accalmie sur le front de ses poussées inflammatoires. Sans parler de rémission, il vivait peu de crises et de faible intensité. Je découvris un ventre arrondi très joliment porté par la belle Jeanne. L'heureux événement devait arriver à la fin du printemps. Marie la pétillante avait réussi son adaptation à l'école et ma mère essayait vainement de vivre une nouvelle page de son histoire. Je mesurai combien son regard se portait sur notre vie d'avant. Son mari était omniprésent dans ses pensées, dans les miennes aussi, dans celles de tous. La photographie de Pierre, prise à l'occasion d'une remise de décoration militaire, trônait dans la pièce à vivre. Marie, assise à la table pour le repas de Noël, me fixa, puis leva la tête pour diriger son portrait vers le portrait de notre père et me dit : "tu lui ressembles beaucoup". Le compliment pénétra mon cœur en délivrant une émotion que je ne pus contenir. Mes larmes contagieuses n'épargnèrent personne. Notre mère se leva pour me prendre dans ses bras afin de me transmettre son incommensurable amour.
Nous reprîmes le cours du repas dans un lourd silence. Grâce à Marie, nous retrouvâmes légèreté car elle nous fit la lecture d'un poème d'Eduardo. La tradition se maintenait ; la vie continuait.

Je rentrai en Provence dans un froid polaire. Le puissant mistral glaçait tous les corps et le mien en particulier. Ces premiers mois de 1964 nous réservaient des températures de petite Sibérie. Je prêtais main forte dans les vignes pour la taille car en cave, il y avait peu de travail à me proposer. Je découvrais grâce à mes compagnons de taille Portugais, les effets calorifiques des feuilles de journaux glissées entre les couches de vêtements. Les deux Fernando, venus du même village au nord de Lisbonne, m'avaient adopté sans difficulté pour former l'équipe de taille.

J'adorais leur accent, le chuintement de leur articulation, et les quiproquos avec l'utilisation de certains mots. A chaque fin de journée, c'était Fernando l'aîné qui conduisait la camionnette. Immanquablement, il me proposait de me "ramoner". J'avais beau lui exprimer que je n'étais pas prêt, il s'entêtait dans sa gentille invitation au voyage.

17

– Viens Paul ! Viens ! me cria Alice lorsqu'elle m'aperçut arriver au fond du jardin.
Je revenais d'une longue promenade dans le massif des Monts de Vaucluse. J'avais dormi à la belle étoile, sous une toile que j'avais tendue entre trois chênes verts. J'aimais ces moments en communion avec la nature ; je me fondais en elle comme un élément dérisoire parmi les végétaux et les animaux. La visite d'un groupe de sangliers au cœur de la nuit ajouta aux chants mélodieux - mais répétitifs des grillons - des grognements primitifs qui me rappelèrent mes rencontres avec les bêtes noires dans les massifs d'Algérie.

– Que se passe-t-il, Alice ?
– Ce matin, tu as eu une visite.
– Une visite ? Une visite de qui ?
– C'est une jeune femme qui m'a dit de te dire que "Paris est une fête". Je n'ai rien compris ! Ces Parisiens manquent de soleil, dès qu'ils arrivent ici, c'est l'insolation assurée.
– Elle n'a rien dit de plus ?
– Non. Si ! Qu'elle avait pris une chambre au *Lion d'Or*.

Ce ne pouvait qu'être Mathilde. Que venait-elle faire là ? Je ne lui avais donné aucune nouvelle depuis mon départ. Elle ne connaissait pas mon nouveau lieu de vie ; pourtant elle l'avait trouvé. Qui avait bien pu lui donner cette adresse provençale ? Ma famille ? non ! Viviane du relais de la Baume. Oui ! c'était ça.
Elle avait dû retourner au restaurant et obtenir l'information de la maîtresse des lieux. J'avais envoyé à mon

arrivée une lettre de remerciements. Viviane possédait depuis mes coordonnées.

Mon sac à dos déposé, j'enfourchai ma bicyclette, direction l'hôtel. Je ressentis sur les routes champêtres, les émotions connues sur mon triporteur dans les rues de la capitale. Les souvenirs de ces jours de totale liberté avec Mathilde se télescopèrent dans mon cerveau en ébullition émotionnelle. Cette digue contre les souvenirs heureux que j'avais mis des semaines à édifier rompit de toutes parts. La rivière des sentiments reprit son lit naturel.
Je visualisais comme des incrustations dans les paysages que je parcourais à vive allure, son visage, son corps, son sourire.
Je garai enfin mon vélo dans la cour intérieure de l'hôtel contre un mur couvert de lierre, libérant quelques oiseaux à tête noire qui se régalaient avec les baies de la plante. A l'accueil, je dus attendre patiemment que les clients au guichet en finissent avec leurs questions sans queue ni tête avant de pouvoir demander à voir Mathilde Perle.

Après un regard sur le registre et sur le tableau des clés, le réceptionniste conclut à la présence de la cliente dans sa chambre. Je demandai à la voir. Sa réponse fut claire, il fallait que j'attende sa sortie volontaire. J'avais envie de tuer cet homme tronc qui présentait un teint commun à cette vilaine tapisserie couleur jaune pisseux.
Je patientai donc sur un banc en regardant le magnifique ordonnancement des façades Renaissance des deux immeubles bordant la cour. Nous étions loin de Vérone, mais je pouvais imaginer Juliette se pencher depuis une fenêtre à meneau aux pierres dorées prêter attention au Roméo qui sommeillait en moi. Le temps s'écoulait lentement, trop lentement. Je retournai à la réception bien déterminé à obtenir du garde-barrière une action concrète pour qu'elle vienne.

En quelques mots, lui précisant que je voyais bien les numéros des clés manquantes, il comprit que je me préparais à aller de ma propre initiative chercher ma dulcinée dans les étages. Il se leva avec l'énergie d'un homme désabusé, ignorant les bienfaits de l'amour depuis des décennies et me dit : " j'y vais ". Il aurait pu ajouter « à l'échafaud ».

Mathilde apparut enfin sur le perron arborant un large sourire. Toujours aussi belle et désirable, elle descendit lentement les marches pour apprécier ce moment suspendu. Je me levai, hypnotisé par son regard unique. Avec pudeur, nous nous prîmes dans les bras pour nous délivrer de délicats baisers sur les joues.
N'attendant pas mon questionnement sur la raison de sa présence, elle devança l'appel, telle une jeune recrue qui anticipait l'incorporation de son service militaire.

– Tout d'abord, suis-je la bienvenue ? me demanda-t-elle en préalable à toute conversation.
Je répondis par un Oui qui sortit des tripes.
– Alors, je peux te dire que je suis venue te faire un présent.
– Ta venue est déjà un cadeau, lui dis-je.
– Merci ! C'est un livre qui vient d'être édité. Venir te l'apporter était pour moi une évidence.
– C'est très gentil Mathilde, mais ta présence est plus importante que tous les livres réunis, qu'ils comportent ou non de saintes écritures !
– Rassure-toi, Paul, je suis venue aussi te dire que je ne t'ai pas oublié ! Mais je souhaite qu'avant tout, tu découvres : *Paris est une fête* !

Sa liberté, sa spontanéité irradiait. Je l'aimais absolument.
– Me voilà rassuré ! Livrai-je avec un large sourire. Alors où est ce précieux récit ?

– Dans ma chambre. Je vais le chercher.
– Vas-y, je t'attends, je meurs d'impatience !

Elle réapparut après quelques minutes un sac en main.

– Il y a quelques semaines a été publié ce livre. C'est incroyable. Ernest Hemingway raconte sa vie parisienne dans les années 20, notamment à Saint Germain des Prés, avec ses amis. Je l'ai dévoré aux *Deux Magots*. Une période d'insouciance, de légèreté et de plaisirs qu'il a décrite bien des années plus tard. Son manuscrit a été retrouvé dans une malle du *Ritz* après sa mort. Cette publication posthume est incroyable ! Nous avons vécu notre parenthèse parisienne dans les pas des personnages du livre.
– Tu es donc venue pour me présenter cette histoire ?
– Oui ! Cette histoire est notre histoire ! Je ne peux pas me résoudre au conformisme, à cette vie bourgeoise qui m'est promise. Je veux croquer la vie à pleines dents.
– Mathilde, dois-je lire le livre avant de te livrer mes sentiments ?
– Arrête ton char, je t'ai fait le résumé de l'histoire. Tu peux prendre des risques !
– Ma belle, je ne pouvais imaginer une telle déclaration de ta part. Oui, je t'aime.

Le regard vide ou sans expression, le gardien du temple nous vit grimper vers les étages. Allions-nous réveiller le Lion d'Or ? Nos corps se retrouvèrent dans un plaisir intense. Je n'avais oublié aucune surface de sa peau, elle non plus, me disait-elle. Cet après-midi-là, nous restâmes dans cette chambre nappée par la lumière chaude d'un soleil irrésistible. Depuis mon départ de Paris, nous avions bien des sujets à aborder. Un temps précieux à rattraper, pour vivre intensément le temps présent. Nous fîmes encore une fois l'amour, avant que nos estomacs crient famine. Mathilde me regarda, l'œil rieur pour me confier que le climat

méditerranéen m'avait transmis une nouvelle vigueur. La seule réponse qui me vint fut de lui confier que c'était grâce au fenouil contenu dans le pastis.
Main dans la main, nous nous dirigeâmes vers l'auberge que Patrice considérait comme la référence dans la cuisine des poissons de la Sorgue. Nous y étions venus plusieurs fois. J'avais pu explorer les différents plats alors que le comte prenait toujours sa truite au thym et aux herbes.

Entourés de couples peu bavards ou soumis à une épidémie d'extinction de voix, nous faisions figure d'exception. Lors de la deuxième visite du serveur pour la prise de menus, nous n'avions toujours pas fait notre choix ; elle me racontait sa dispute avec ses parents lorsqu'elle leur apprit la rupture de ses fiançailles.

– Quelle raison as-tu donnée à ta famille ?
– La guerre d'Algérie !
– En quoi a-t-elle joué un rôle puisque tu l'as rencontré à ton arrivée à Paris ?
– Cette foutue guerre, ne t'a-t-elle pas bouleversé dans ta façon de voir le monde. Nous étions heureux dans ce pays que nous aimions. Et nous l'avons quitté, arrachés et déracinés. Je croyais, en ayant rencontré celui qui devait devenir mon fiancé, que j'avais tourné la page de ce passé, mais tu es arrivé avec ta folie, ton humour et tes blessures. Avec mon fiancé, c'était une nouvelle séquence dans ma vie ; avec toi, c'est toute l'histoire de ma vie qui m'est proposée. C'est cette histoire que je souhaite ardemment.
– C'est ma connerie qui a été plus forte que tout ? dis-je, dans une pirouette verbale pour ne pas ajouter de l'émotion à l'émotion.
– Exactement, face à l'absurdité de la vie, seuls l'humour et l'autodérision peuvent y faire face dans la salle de garde de nos vies.

Attiré par notre table, le patron de l'établissement vint à notre rencontre. Il m'avait reconnu et me demanda des nouvelles du comte. Je lui présentai Mathilde et lui précisai que nous nous retrouvions après des mois de silence. "Votre bonheur rayonne", nous dit-il. Il s'absenta pour revenir avec deux verres de Muscat de Beaumes de Venise et nous demanda de prêter l'oreille à la chanson que le fonds musical allait diffuser. Surpris par cette annonce, nous attendions avec curiosité. La musique de jazz s'arrêta, le son s'amplifia et Jacques Brel prit le relais.

" Ma mère arrête tes prières
Ton Jacques retourne en enfer
Mathilde m'est revenue
Bougnat apporte-nous du vin
Celui des noces et des festins
Mathilde m'est revenue
Toi la servante toi la Maria,
Va tendre mon grand lit de draps
Mathilde m'est revenue
Amis ne comptez plus sur moi
Je crache au ciel encore une fois
Ma belle Mathilde puisque te voilà, te voilà."

Il revint à notre table pour trinquer avec nous, la pochette du disque vinyle à la main. Nous ne connaissions pas cette chanson et Jacques Brel ne connaissait pas notre histoire, pourtant cet enregistrement datait de cette année 1964.

L'après-midi débuta par une généreuse sieste sur le bord de la rivière. Mathilde avait trouvé dans l'armoire de sa chambre un plaid de secours pour les nuits trop froides. Il nous offrit le confort de ne pas être visité par une colonie de fourmis sur laquelle nous l'avions déployé. Les ouvrières sortaient une à une à l'angle de l'étoffe sans avoir

l'idée de venir vers nous. Les canards, entrés dans la saison des amours, volaient de séduction en séduction, criant de leurs voix rauques la nécessité impérieuse de la procréation. Le règne animal, sans gêne, clamait ses pulsions de vie. Ce ballet aux gros sabots des palmipèdes amusa beaucoup Mathilde qui, je l'espérais, me trouvait bien plus subtil. Puis, les colverts dans un vol chaotique quittèrent les lieux pour remonter le cours d'eau vers l'amont.
Je lui caressai son doux visage. Je lui expliquai mes premiers pas dans l'élaboration des vins et les perspectives offertes par la famille Palerne. Elle m'écouta avec attention et conclut mes mots par un "je serai à tes côtés".
Puis, nos regards se portèrent sur la Sorgue. Elle transportait ce fil d'Ariane de nos vies. Dans le silence et cette quiétude magique, j'imaginai enfin un avenir. Le bonheur pouvait être simple et accessible.

– Elle représente quoi cette rivière pour toi ? me dit-elle spontanément.
L'eau portait mes émotions et mes sentiments, c'était une évidence pour elle.
– Elle m'apaise. Elle me permet de plonger dans mes souvenirs ; elle m'invite au calme et à cette union avec la nature. J'imagine les personnes qui comptent pour moi, assises sur la berge. Je pense à mon père, à ma mère, à ma famille, à mes rêves, à mes passions, à mes lectures !
– La Sorgue, c'est ta Rivière Hemingway, me dit-elle en m'embrassant.

Fin

Du même auteur :

L'étonnant destin des Français du Banat
2003 (épuisé)

Sara de la Mer
Elisha Papillon

Cette jeune enfant Gauloise a la peau sombre : on l'appelle Sara la Noire. Elle n'est pas comme les autres. Que sait-elle de ses origines ? Ses parents portent comme un fardeau un lourd et incroyable secret.
Elle va si vite gravir les échelons de la société gallo-romaine, d'une vie nomade auprès de ses parents, modestes marchands itinérants, aux somptueux palais des romains les plus riches, les plus influents. Des rivages pauvres de la Méditerranée à Lugdunum, capitale des Gaules. Son ascension semble irrésistible parmi les puissants. Sa beauté et son intelligence vont faire d'elle une femme écoutée.
Alors que la connaissance du secret de sa peau noire doit l'installer définitivement tout en haut de cette société du premier siècle de notre ère, sa vie va basculer.
Elle n'a pas oublié les occupants de cette barque qu'elle a vu accoster un jour sur une plage de Provence. En particulier cette femme lumineuse dont le souvenir la hante depuis toujours, depuis le premier jour.
On disait qu'ils venaient de l'Orient et une lumière incandescente embrasait leur regard. Qu'avaient-ils vu de si extraordinaire de l'autre côté de cette mer ?
Cette femme, elle n'aura de cesse de la retrouver.
Elle sait, maintenant. Elle s'appelle Myriam. Myriam de Magdala. Sa vie ne pourra être qu'auprès d'elle désormais. Puis dans son souvenir. Le souvenir de cette grande sainte de Provence qui quitta le monde pour une grotte du Massif de la Sainte Baume, emportant avec elle un bouleversant message d'amour. Un message que Sara va faire sien.

Roman. 276 pages. Format 16x24. 22€

Frères de feu
Olivier de Lagausie

Avec la croisade des Albigeois, une longue époque de fer et de feu s'abat sur la population d'Occitanie. Le roi de France et le pape ont décidé d'éradiquer enfin par la force l'hérésie cathare. L'inquisition est confiée aux frères prêcheurs, moines à la foi ardente, soucieux du salut de leurs prochains égarés, autant que de la sauvegarde d'une Église romaine malmenée par le siècle et fragilisée par ses propres errances.
Le moine Gaucelm dirige un tribunal qui doit juger un Parfait.
Que va-t-il décider ? Condamner durement, comme il le lui est demandé, ou tendre la main à celui qui reste avant tout son frère devant Dieu ?
Cet hérétique connaît le passé trouble et secret de son juge et lui propose un étrange marché en échange de sa mansuétude. Il peut lui révéler la cachette d'un coffret contenant de quoi faire tomber l'évêque de Toulouse et vaciller l'Église. La trahison de ses anciens frères il y a quelques années hante toujours les nuits de Gaucelm. Va-t-il devoir à nouveau tourner le dos à sa foi pour se sauver des griffes de l'évêque ?
Nous sommes en 1226, à Toulouse.
Un bûcher est dressé place du Salin.

Roman. 282 pages. Format 14,8x21. 20€
Grand Prix du roman Historique Toulouse

Dernières publications
Éditions Lazare et Capucine
~

Marcher et prier avec Le pèlerin russe
Jean-Yves Leloup

Le croqueur d'Arc en ciel
Eliane Saliba

Hypatie et la colère des moines
Bruno Bordage

La septième marche
Muriel Odoyer

La question sexuelle et la loi
Les cas PPDA, Depardieu, abbé Pierre
Daniel Iagolnitzer

Jeux de lumière
Sylvie Monpoint

Les contes traditionnels de la Pologne
Pascal Bancourt

Le talisman de Byzance
Patrick Potier

Charles de Rémusat
Jacques Arlet

Sous les pavés, le ciel
Jocelyne Delafraye

L'énigme de la châtaigne rouge
Mathilde Groselle

Marthe, Marie et Lazare de Béthanie
Les saints amis du Christ
Evêque Martin Laplaud

Exorcisme et démonologie à Byzance
Tamara Andrucovici

Le chemin de pèlerinage de la Sainte Baume
Guide
Olivier de Lagausie

Achevé d'imprimer en France en novembre 2024
sur les presses numériques de l'Imprimerie Maury S.A.S.
Z.I. des Ondes – 12100 Millau

N° d'impression : K24/76225L
Dépôt légal : mars 2025